침묵의
다이어리

침묵의 다이어리

1판 1쇄 2023년 3월 15일

글 서성자

펴낸이 모계영 펴낸곳 가치창조 출판등록 제406-2012-000041호
주소 경기도 고양시 일산동구 중앙로1347, 228호(장항동,쌍용플래티넘)
전화 070-7733-3227 팩스 031-916-2375 이메일 shwimbook@hanmail.net
ISBN 978-89-6301-299-5 (43810)

가치창조 공식 블로그 http://blog.naver.com/gachi2012
단비청소년은 가치창조 출판그룹의 청소년책 전문 브랜드입니다.

침묵의
다이어리

글 서성자

단비청소년

차례

해맑은 영정 사진

월요일 첫 시간. 지각이다. 하필 담임 샘 영어 시간이다. 잔소리 바가지를 뒤집어쓰게 생겼다. 어제 아침 9시부터 밤 9시까지 12시간을 노트북에 매달려 있었다. 전국 청소년 모의 해킹 대회 예선 때문이다. 예선은 온라인으로, 본선은 오프라인으로 한다. 컴퓨터에 종일 매달려 있다 보니 눈알이 빠질 것 같았다. 10시가 넘어서야 침대에 쓰러졌다. 늦잠은 당연했다. 꿈도 없는 잠을 해가 뜰 때까지 자고 말았다. 허둥지둥 일어나 고양이 세수를 했다.

"과일이라도 먹고 가야지."

엄마가 불렀다.

"시간 없어."

현관문을 나섰다. 엄마가 현관문을 열고 사과 한 쪽을 입에 억지로 밀어 넣었다. 엘리베이터가 아래층에서 멈췄다. 아랫집 아저씨였다. 나는 그때까지 사과를 우물거리고 있었다. 꾸벅, 고개만 숙였다.

엄마가 괜히 원망스러웠다. 억지로 삼키는데 꿀꺽 소리가 같이 탄 사람 귀에 들릴 것 같았다. 엘리베이터에서 내려 뒤도 돌아보지 않고 달렸다. 힘껏 달렸지만, 지각이다. 교실 문 앞에서 잠시 망설였다. 어차피 들어가야 할 곳이다. 담임 샘의 잔소리를 각오하고 침을 꼴깍 삼켰다. 에잇! 눈 딱 감고 문을 열었다. 드르륵! 소리가 제법 컸다. 어? 담임 샘이 없다. 어쩐 일이지? 휴! 어찌 됐든 다행이다. 한숨을 내쉬었다.

"강유하다."

누군가 소리쳤다. 애들이 일제히 나를 쳐다봤다. 따가운 시선이 내게 꽂혔다. 벌떡 일어서는 아이도 있었다. 가슴이 뜨끔했다. 내가 뭘 잘못했나? 지각 좀 했는데 반응이 세다. 왜? 나는 소리 내지 않고 입술로만 물었다.

"넌 알고 있지?"

"그치? 그치?"

"그 일 때문에 늦은 거지?"

애들이 우르르 내 자리로 몰려왔다. 나는 앉지도 못하고 엉거주춤 섰다. 애들이 나를 둘러쌌다. 남자애들까지 궁금한 눈빛으로 내 쪽으로 눈길을 줬다.

"왜 늦었어?"

애들이 합창하듯 물었다.

"왜 그러는데? 무슨 일 있어?"

내 대답에 애들이 서로 눈짓을 교환했다.

"너 모르는 거야?"

"도대체 내가 뭘 모르는데?"

나는 살짝 짜증이 나서 되물었다.

"진짜 몰라?"

"유하도 진짜 모르나 봐."

애들 시선에 실망감이 묻어났다. 나는 그제야 교실에 흐르는 묘한 기류를 느낄 수 있었다. 월요일 첫 시간 수업 시간인데도 담임 샘은 보이지 않고. 애들이 이상하다. 뭔가 모를 불안감? 공포? 흥미? 짐작하지 못할 묘한 분위기다. 나만 모르는 비밀이 있는 걸까? 모두 사각사각 소리를 내며 문제를 풀어 가는 친구들 사이에 나 혼자만 문제도 이해하지 못한 채 뒤처진 느낌이다.

짝꿍 하린이에게 물어보기로 했다. 하린이 자리가 비어 있다. 교실을 둘러봤다. 하린이는 다른 아이 자리에서 심각한 얼굴로 이야기하고 있었다. 이번에는 수지에게 물어보기로 했다. 수지 자리도 비어 있었다. 수지 옆자리 은재 자리도 비어 있다. 교실을 빙 둘러봤다. 은재는 멀리서 애들과 이야기에 정신이 팔려 있었다. 수지는 보이지도 않았다. 나처럼 지각했나? 아님 어디 갔나 보다. 나는 자리에 털썩 앉았다.

"수지가 죽었대. 너 뭐 들은 소식 없냐?"

하린이가 자리에 앉으며 작은 소리로 말했다.

"야, 농담도 할 게 있고, 안 할 게 따로……."

나는 말을 중간에서 끊었다. 은재가 얼굴이 파랗게 질린 채 다가왔기 때문이다.

"유하야! 수지가 아무 말 안 했어?"

은재 목소리가 가늘게 떨렸다.

"아니. 무슨 말?"

나는 고개를 저어 보였다.

"너에게도 안 했어?"

은재가 고개를 흔들었다. 나를 바라보는 은재 표정은 실망한 것도 같고 멍한 것도 같았다. 은재는 나를 그대로 바라보고 서 있다가 제자리로 돌아갔다.

나는 교실을 둘러봤다. 교실은 서로서로 짝지어 수군거리는 소리로 소란했다. 자리에 앉은 채 뒤돌아보며 이야기를 주고받는 애들. 여러 명이 교실 한쪽에 모여 서서 이야기를 나누는 애들. 모두 평소와는 달라 보였다.

"수지가 죽었대. 토요일 아침 학교 옆 호수에서 시체로 발견되었대. 자살이래."

하린이가 속삭였다.

자살? 수지가 왜?

순간 머릿속이 하얗게 됐다.

그때 수지 목소리가 들렸다. 아니 생각이 났다는 게 맞다.

"난 새로운 일은 다 두려워. 전학할 때도 쭈뼛쭈뼛. 교실 문을 들어서는데 간이 오그라드는 것 같았거든. 그런데 자살하는 사람들을 보면 정말 신기해. 어떻게 아무도 죽었다가 돌아온 사람 하나 없는 그곳. 정보라고는 눈곱만큼도 없는 그곳에 갈 생각을? 어휴!"

휘젓던 수지 손짓까지 선명하게 기억났다.

왜 이 순간 그 생각이 난 걸까? 아직 수지 죽음을 받아들이지도 않았는데.

애들이 내 책상 주변으로 하나둘 다시 모여들었다.

"강유하, 네가 모른다는 건 말이 안 돼. 너 숨기는 거지?"

"정말 몰라?"

애들의 호기심 어린 눈빛이 반짝였다. 내게서 꼭 답을 얻어 내고야 말겠다는 듯 애들 눈빛은 집요하기까지 했다. 나는 고개를 저었다.

"몰라. 아무것도 몰라."

"진짜?"

애들은 믿을 수 없다는 듯 나를 봤다.

"수지랑 너랑 맨날 붙어 다녔잖아?"

민서가 물었다. 맨날 책만 붙들고 있던 민서 모습이 낯설었다. 남의 일에는 전혀 관심 없었던 민서까지 관심을 보이다니. 수지 죽음은 우리 반의 큰 사건이 분명했다.

"공부 귀신이 관심을 보일 때도 있네. 하긴 친구가 죽었으니."

건우가 말했다. 민서는 말없이 자리로 돌아가 평소처럼 책을 펼쳤다.

"저래야 민서지. 그러니까 전교 1등을 놓치지 않지."

누군가 중얼거렸다.

"넌 알고 있을 것 같은데."

애들이 더 바싹 나를 에워쌌다. 내 말을 믿을 수 없다는 표정들이었다.

"몰라, 나도 좀 전에 여기서 알았단 말이야."

나는 책상에 엎드려 버렸다.

수지의 죽음을 다른 애들을 통해 알다니. 어이가 없었다. 믿고 싶지 않았다. 내가 믿지 않는다면 수지의 죽음은 없었던 일이 될 것만 같았다. 다른 말은 잘도 하면서 죽음의 낌새는 보이지 않은 수지! 어떻게 나에게 말 한마디 안 하고? 수지가 용서되지 않았다. 곁에 있다면 등짝이라도 후려치고 싶었다.

내게서 더 이상 알아낼 게 없자 애들이 제자리로 돌아갔다. 나는 화장실로 갔다. 혼자서 실컷 울고 싶었다. 그러나 이상하게 눈물은 나오지 않았다. 가슴이 답답하기만 했다. 가슴을 주먹으로 내리친 것처럼 통증만 느껴졌다. 너무 심하게 아파 가슴을 꽉 눌렀다. 누군가 말했다. 속마음이 너무 아프면 겉인 몸도 반응해서 진짜 아픔을 느낀다고. 그 말이 사실이라는 걸 처음 알게 되었다.

반장이 하얀 국화 꽃바구니를 들고 왔다. 그것을 수지 책상 위에 놓았다. 금요일까지 수지가 앉았던 자리다. 소름이 온몸으로 퍼져 나갔다. 교실에서는 웃음이 사라졌다. 모두 약속이라도 한 듯 말소리가 낮아졌다. 말수가 적어졌다. 그게 죽은 자에 대한 예의라도 되는 걸까? 나도 그들 무리에 끼어 있다는 것이 용서되지 않았다. 내가 할 수 있는 건 아무것도 없었다. 가슴이 계속 아파서 손으로 눌러야 했다.

담임 샘의 어두운 얼굴이 더 분위기를 가라앉혔다. 수업 시간마다 학과 샘들 표정도 어두웠다. 샘 중 누구도 수지 이야기를 꺼내지 않았다. 그냥 처음부터 수지라는 애가 없었던 것처럼 수업만 했다. 애들은 모두 멍하니 자리만 지키는 것 같았다. 하루가 그렇게 갔다.

다음 날 오후 특활 시간에 수지 조문을 가기로 했다. 조문! 이제 겨우 중2, 15살인 수지의 조문이라니?

운동장에 있는 학교 버스의 빈자리가 꽉 찼다. 빠진 친구는 아무도 없는 것 같았다. 장례식장에 들어섰다. 향냄새가 먼저 마중을 나왔다. 생전 처음 찾은 장례식장이 낯설었다. 아니다. 내가 다섯 살 때 돌아가셨다는 아빠 장례식장에도 갔었겠지? 기억이 없을 뿐이다. 수지도 아빠처럼 언젠가는 내 기억에서 잊힐까? 그냥 멍하니 국화꽃만 바라봤다.

담임 샘과 반장이 대표로 영정 앞에 섰다. 하얀 국화꽃 한 송이씩을 놓았다. 사진 속 수지가 해맑게 웃고 있었다. 저 사진. 낯에 익다. 내가 봄 소풍 때 찍어 준 사진이다. 나무에 기대어 나를 보며 미소 짓는 모습을 찍어서 수지에게 전송해 준 사진이다. 영정 사진으로 마땅한 게 없어 수지 폰에서 골랐나 보다.

수지는 웃음이 참 예뻤는데. 다시는 못 볼 수지 얼굴을 바라봤다. 여자애 몇 명이 울먹였다. 나도 울고 싶었다. 실컷 울고 싶었다. 그러나 이번에도 눈물은 나오지 않았다. 남자애들은 석상처럼 표정 없이 서 있었다. 우리는 담임 샘과 반장 뒤에 서서 고개를 숙였다.

나는 영정 사진만 눈이 시도록 바라봤다.

아주머니와 고등학생으로 보이는 여학생과 남학생이 일어섰다. 수지 사촌 언니와 오빠인 듯했다. 아주머니가 비틀했다. 언니와 오빠가 아주머니를 양쪽에서 부축했다.

"수지 고모입니다."

목소리가 잠겨 있었다. 화장기 없는 피부가 바스락 소리를 낼 것처럼 메말라 보였다.

담임 샘이 수지 고모께 절을 했다. 우리는 뒤에 선 채 고개를 숙였다. 수지 고모가 맞절했다. 언니와 오빠도 고개를 숙였다.

"뭐라 드릴 말씀이 없습니다."

담임 샘이 수지 고모 손을 잡았다.

"아이고, 선생님."

수지 고모가 울음을 터뜨렸다. 눈물이 쉬지 않고 거친 피부를 타고 흘렀다.

"선생님, 우리 수지가 자살이라니요. 아니요. 이건 말이 안 돼요. 누군가 죽인 것 같아요. 틀림없어요. 온몸에 피멍이 들어 볼 수가 없더라고요. 옷으로 가릴 수 있는 곳만을 골라 때린 것 같아요. 보라색 무늬의 속옷을 입은 것 같더라고요. 어느 독한 인간이 그토록 때렸을까요? 아무 눈치도 못 챈 저는 고모 자격도 없어요. 얼마나 무섭고 아팠을까요. 얼마나 힘들었을까요? 요즘 밥을 잘 못 먹어도 그냥 입맛이 없나 보다 했는데."

수지 고모의 넋두리는 끝이 없었다. 곁의 언니와 오빠 눈이 빨갰다. 눈두덩이도 소복하게 부어 있었다.

"애들은 그냥 보내 주자 했지만, 제가 우겨서 장례식장으로 데려왔습니다. 너무 불쌍한 것, 가는 길이라도 제대로 해서 보내 주고 싶었어요."

고모는 가슴을 손으로 움켜쥐었다. 고모도 마음이 아파 가슴에 통증을 느끼는 것 같았다. 내 가슴도 통증이 다시 느껴졌다.

"우리 수지, 분명 타살이라고요."

타살?

가슴이 쿵 내려앉았다. 수지가 타살이란다.

나는 수지 고모의 입에서 눈을 떼지 못했다. 애들이 서로 얼굴을 마주 보며 눈을 동그랗게 떴다.

"내 자식이랑 차별 안 한다 나름 노력했지만, 그랬다면 수지에게 이런 일이 일어났을까요? 어떻게 한마디 말도 안 해 주고……. 바보 같은 것."

고모가 수지 영정 사진을 바라봤다.

"아니요. 눈치 못 챈 제가 바보지요. 용서 못 받을 죄인이고요."

고모가 다시 가슴을 주먹으로 쳤다. 수지의 고모에게서 옅은 락스 냄새가 났다.

'우리 고모에게서는 향수 대신 락스 냄새가 난다. 화장실 청소

하면서 밴 냄새야. 난 그 냄새가 싫지 않아. 그게 우리 고모 열심히 살아온 흔적이거든.'

언젠가 했던 수지 목소리가 들리는 것 같았다.

다른 손님들이 들어오자 담임 샘이 수지 고모 곁을 떠났다.

도우미가 다가왔다.

"식사 몇 인분 준비할까요?"

담임 샘이 손짓하자, 애들 모두가 썰렁한 식탁에 앉았다. 도우미가 떡, 사과, 과자 등으로 상을 차려 주었다. 담임 샘과 우리 반 아이들 아무도 그것들에 손대지 않았다.

"아이고, 그 착한 수지가 뭔 일이야."

"엊그제도 고모랑 같이 퇴근하려고 들렀던데."

고모의 직장 동료로 보이는 아줌마들이 눈물을 글썽였다.

손님들이 간간이 왔다. 고모 직장 동료들이 우리 옆자리로 와서 앉았다.

"고모를 그리 끔찍하게 여겼던 수지가 자살했을 리가 없어. 천지간에 피붙이는 수지 고모 혼잔데. 어찌 두고 가누? 어려서 엄마 아빠 한날한시에 잃고서도 반듯하게 잘 자란 아이가 이제 와서 왜 죽어? 그건 자살이 아니야. 온몸이 상처투성이라잖아? 누군지 모르지만, 천벌 받을 인간."

아줌마들이 식사하면서 말을 주고받았다.

"온몸이 멍 자국으로 가득했다는데 자살이라니? 뭔가 있어."

"분명 냄새가 나는 사건이라니까."

"수지네 형편으로 누가 서둘러 알아보겠어? 죽은 수지만 불쌍하지."

소곤거리는 옆자리 여인들에게 자꾸만 시선이 갔다.

누가 수지를 때렸을까? 왜 내게 말 한마디 없었을까? 아니야. 언젠가 할 말이 있다고 했어. 언제였더라? 왜 못 들었지? 내가 급한 일이 있었는데? 아, 그때 막 영모랑 사귀기 시작했었지? 영모랑 만나기로 해서 나중에 말해 주라며 급히 떠났어. 그럼 그때 내게 할 말이 있었던 거야? 그 일 후에도 수지는 내게 말해 주지 않았다. 내가 영모랑 만나느라 정신이 없을 때였다. 아, 또 있었다. 일주일 전인가? 수지가 할 말 있다고 했었지? 그때도 영모랑 만나기로 한 날이었다.

"나 영모랑 영화 보기로 했어. 미안. 나중에 말해 줘."

그 두 번의 나중은 수지와 나에게 오지 않고 말았다.

돌아온 다이어리

장례식장을 나섰다. 수지 언니, 오빠가 고개를 숙였다. 수지 고모는 통곡으로 인사를 대신했다. 수지도 해맑은 영정 사진 속에서 우리를 배웅했다.

장례식장 마당에 학교 버스가 시동 소리를 내고 있었다. 모두 천천히 버스에 올랐다. 버스 계단에 발을 딛다가 휘청했다. 하린이가 얼른 뒤에서 붙잡아 줬다. 어제부터 식사를 제대로 못 한 탓 같았다. 어젯밤 한숨도 자지 않아서 인지도 모른다. 의자에 털썩 주저앉았다. 담임 샘이 마지막으로 올라타 앞자리에 앉았다. 수지만 빠진 우리 반 모두가 탄 버스가 출발했다. 나는 수지가 손이라도 흔들 듯 유리창에 손바닥을 갖다 댔다.

"괜찮아?"

내 옆에 앉은 하린이가 물었다. 나는 고개만 끄덕였다.

"유하, 너 정말 아무것도 몰라? 내게만 살짝 말해 줘. 네가 모른다는 게 말이 되냐?"

나는 이번에도 대답 대신 고개를 저었다. 말없이 창밖만 바라봤다. 하린이도 포기한 듯 창밖을 바라봤다. 이제 노랗게 물들기 시작한 은행나무 가로수가 눈에 들어왔다. 수지가 다시는 못 볼 가을이 천천히 다가오고 있었다. 소곤거리는 목소리가 들렸지만, 애들은 말을 아꼈다. 약속이라도 한 듯 창밖만 바라봤다. 교실에 도착해서야 애들 입이 열렸다.

"온몸에 멍이 파랗다잖아. 너도 그 말 들었지? 들었지? 아까 아줌마들이 그랬잖아?"

"누가 그랬을까?"

"자살이 아닌 타살 아닐까? 때려 놓고 호수에 밀어 넣은 걸까?"

"CCTV 확인해 보면 되잖아?"

"경찰이 그것도 안 해 봤겠냐?"

처음엔 궁금해하던 애들이 나중엔 자랑 대회라도 열린 듯 의견들을 내놨다. 애들은 탐정이 되고 형사가 되어 추리하고 답을 냈다.

"강유하! 택배다."

행정실 아저씨 말에 교실이 조용해졌다. 아저씨가 크지 않은 누런 봉투를 내밀었다. 책 같았다.

'누가 학교로 책을 보냈지?'

궁금증을 안고 봉투를 받았다. 봉투 아래 내 이름이 씌어 있었다. 누가 보냈지? 주소를 살피던 나는 얼음이 되고 말았다. 누군가 땡을 해 주기 전에는 움직일 수 없는 얼음!

"뭔데 그래?"

하린이가 물었다. 나는 대답 대신 손가락으로 보낸 사람 이름을 가리켰다. 하린이도 얼음이 되었다.

"누가 보냈는데 그래?"

은재 뒷자리에 앉아 있던 건우가 달려와 봉투를 집어 갔다.

"헉!"

건우는 불에라도 덴 듯 봉투를 잽싸게 내 책상 위에 놓았다. 뭔가 이상하다 싶었는지 애들이 내 자리로 몰려들었다.

"왜 그러는데?"

"뭐야? 누가 보낸 건데?"

"홍수지."

하린이가 말했다.

애들 얼굴이 파랗게 질렸다.

"홍수지?"

"어떻게 죽은 수지가?"

애들 목소리가 두려움으로 떨렸다.

"샘!"

누군가 외마디 소리를 질렀다.

"뭔데 그래?"

책상에 앉아 있던 담임 샘이 힘없이 물었다.

"샘, 여기요."

하린이의 다급한 말에 담임 샘이 이쪽을 바라봤다. 무겁게 엉덩이를 떼고 일어섰다.

담임 샘이 천천히 다가왔다. 항상 깔끔했던 화장이 약간 들떠 보였다. 잠을 제대로 못 잤는지 눈도 부은 듯했다.

받는 사람 - 강유하

보내는 사람- 홍수지

택배를 손에 든 담임 샘 손이 떨렸다.

"수지 글씨 맞아요."

은재가 말했다.

"수지 글씨는 약간 비스듬히 누워 있어 금방 알아볼 수 있거든요."

건우가 거들었다.

"유하야, 같이 가자."

담임 샘이 봉투를 집어 들었다. 애들이 웅성웅성 뒤를 따랐다.

"자습하고 있어."

담임 샘 말이 무거웠다. 담임 샘은 교무실 쪽으로 걸었다. 나는 그 뒤를 따를 수밖에 없었다. 교무실에 있던 샘들의 시선이 일제히 우리에게 쏠렸다.

"교감 선생님!"

담임 샘 목소리가 목에 걸려 나왔다.

"홍수지에게서 택배가 왔어요."

교감 샘 얼굴이 금방 굳어졌다.

교감 샘이 손님용 소파에 앉으며 우리에게도 앉으라는 손짓을 했다.

택배를 살피던 교감 샘 표정도 어두웠다. 교무실의 샘들이 모두 소파 주위로 와서 섰다.

"뜯어 볼까요? 경찰에 알려야 할까요?"

담임 샘이 말했다. 분위기가 무겁게 가라앉았다.

"타살 쪽도 배제하지 않는다 했지요? 경찰에 알리는 게 좋을 것 같네요."

교감 샘이 말했다.

교무 샘이 전화기 옆으로 갔다.

"여기 한빛중학교인데요. 죽은 애가 같은 반 친구에게 택배를 보냈어요."

모두의 시선이 교무 샘 입에 집중되었다.

"네, 근처 순찰하신 분이 계신다고요? 네."

간단하게 전화가 끝났다. 교무 샘이 소파 쪽으로 걸어왔다.

"담당 경찰이 곧 온답니다."

'왜 보냈지? 무슨 책일까?'

나는 앉은 채 두 손을 모아 쥐었다.

"죽은 애가 택배를?"

교감 샘이 혼잣말하듯 중얼거렸다. 샘들은 말을 아꼈다. 미세 먼지 자욱한 하늘처럼 교무실 분위기가 무거웠다.

담당 형사가 올 때까지 무거운 시간이 흘러갔다.

"담당 형사 임현주입니다."

여자 형사가 교무실로 들어왔다.

짧은 머리 형사는 이웃집 아줌마 같은 편안한 인상이었다.

"그 애가 택배를 보냈다고요? 일단은 받을 사람이 뜯어 본 뒤 경찰서로 갖고 가겠습니다."

교감 샘이 커터 칼로 조심스럽게 봉투를 뜯었다. 맙소사! 봉투에서 나온 것은 다이어리였다. 내가 수지에게 선물한 파란색 다이어리. 표지에는 내가 붙여 준 팽수 캐릭터가 웃고 있었다.

"수지 너 이 팽수처럼 모두에게 사랑 많이 받으라고 붙였어."

"고마워. 잘 쓸게. 내가 작가 되면 두 번째로 책에 사인해서 유하 네게 선물할게."

"첫 번째는 누군데?"

"당근, 우리 고모. 날 길러 준 우리 고모께 첫 번째로 바쳐야지 않겠냐?"

다이어리를 선물하며 주고받았던 말이 똑똑하게 기억났다. 나는 몸도 마음도 돌처럼 굳어지고 말았다.

"한번 넘겨 봐. 뭐가 있나?"

손이 달달 떨렸다. 다이어리를 넘길 수가 없었다.

"왜 그러니?"

형사와 담임 샘이 물었다.

"제, 제가 선물한 다이어리예요. 수지 생일 선물로요."

가슴이 꽉 막혔다. 공포인지 불안인지 모를 감정이 나를 감쌌다. 왜 내가 선물한 다이어리를 다시 내게 보냈을까?

나는 다이어리 첫 장을 간신히 넘겼다. 나도 모르게 손이 떨고 있었다. 샘들 표정도 굳어졌다.

"부검 결과 타살 후 물에 넣은 건 아니고, 익사한 걸로 나왔습니다. 온몸에 타박상이 심한 걸로 봐서 타살의 의심도 배제하지 않고 있습니다. 호수 옆 CCTV에도 혼자만 찍혀 있더군요. 일단 이 다이어리는 저희가 증거물로 갖고 가겠습니다."

형사는 다이어리를 봉투에 넣었다. 그 봉투를 다시 비닐봉지에 넣었다.

형사가 교무실을 나갔다.

"교직 생활 25년에 이런 사건은 처음이라. 허 참!"

교감 샘이 헛기침을 했다.

"학교에 누가 되지 않아야 할 텐데."

수지 죽음의 원인이 밝혀지는 건 중요한 게 아닌 듯 보였다. 그보다 남은 자들에게 누라도 될까 봐 걱정하는 듯했다.

교실로 돌아오자 애들이 나를 빙 둘러쌌다.

"뭐였어?"

"뭐야? 뭐야?"

나는 자리에 털썩 앉았다.

"수지 다이어리."

사실대로 말해 줬다.

"다이어리? 거기 무슨 증거가 있는 것 아닐까?"

"뭐라고 쓰여 있어? 무슨 증거라도 있어?"

"진짜 자살이래?"

"타살 눈치를 채고 미리 보낸 걸까?"

"죽게 만든 범인 이름이 쓰여 있어?"

"범인이 누구야?"

"왜 자살했는지 이유가 쓰여 있어?"

애들의 흥분으로 분위기가 달아올랐다.

"경찰이 증거로 갖고 갔어. 난 읽어 보지 못했어."

나는 사실대로 말해 줬다. 온몸의 힘이 다 빠져나간 듯했다.

"근데 왜 너야?"

"왜 경찰이 아닌 너에게 보냈다니?"

애들이 여기저기서 물었다.

"내 말이. 나도 몰라."

나는 고개를 저었다.

애들이 머리를 맞댔다.

"유하랑 친했으니까 보낸 걸 거야."

"그 다이어리 속에 혹시 범인 이름이 숨어 있지 않을까?"

"원수를 갚아 달라는 뭐 그런 것 말이야."

"분명 이유가 있을걸."

"그 이유가 뭘까?"

여기저기서 의견들이 쏟아져 나왔다.

머릿속이 온통 엉킨 실타래처럼 복잡하기만 했다. 나는 책상에 엎드리고 말았다. 그제야 애들이 내 곁을 떠났다.

혈맹

수지는 떠났지만, 시간은 흘러갔다. 수지 책상 위에 놓였던 국화꽃도 시들어 갔다. 반장이 꽃바구니를 치웠다. 애들 관심도 빛을 잃어 갔다. 나도 일상으로 돌아온 것 같았다.

급식 시간이었다. 수지 대신 은재가 내 옆에 앉았다.

"너 요즘 계속 이렇게 먹냐? 누가 보면 다이어트하는 줄 알 거야."

은재가 말했다. 나는 돈가스를 입으로 가져갔다. 평소 좋아하던 돈가스인데도 맛을 제대로 알 수가 없었다. 그냥 꾸역꾸역 먹었다.

"야, 너 이러다 체하겠다."

은재가 식판을 빼앗아 갔다. 거의 비어 있는 식판이 눈에 들어왔다. 수지에게 미안하다는 생각을 잠깐 했다. 체육 시간에는 게임을 하다 웃기도 했다. 수지에게 미안했다. 그러나 밤에는 여전히 잠을 제대로 자지 못했다. 실컷 울고 싶었지만, 여전히 눈물은 나오지 않았다.

오후에 임현주 형사가 나를 찾아왔다. 우리는 상담실로 들어갔다. 상담 샘이 자리에서 일어섰다. 임 형사가 같이 앉자는 손짓을 해 보였다. 상담 샘이 음료수를 우리 앞에 놓고 내 옆에 앉았다.

"고맙습니다."

임 형사가 고개를 숙여 인사했다.

"자세히 살펴봤어. 그냥 여중생의 평범한 일기였어. 택배 주인에게 돌려줄게."

형사가 수지 다이어리가 들어 있는 누런 봉투를 책상 위에 놓았다. 선뜻 손이 가지 않았다.

"그 애와 너만 아는 이야기가 적혀 있는지도 모르지. 다이어리를 발송한 우체국에 가 봤어. 호수에서 상당히 멀리 떨어진 곳이었어. 접수 시간이 마감 시간에 가깝더라. 그다음 호수로 간 거 같아. 너에게 다이어리를 보낸 이유가 분명 있을 것 같아. 상부에서는 그만 매달리고 다른 사건 처리하라는데 왜 자꾸 그 애가 생각나는지 몰라. 혹시 이상한 게 발견되면 언제든지 전화 주라."

임 형사가 명함을 내밀었다.

나는 명함을 받아 주머니에 넣었다.

"호수 부근 CCTV에도 별 이상한 점이 없어. 자살로 처리될 거야. 근데 왜 이렇게 마음이 찜찜하지? 그 애 몸의 상처가 마음에 걸려. 죽기 전 택배로 보낸 다이어리도 그렇고. 아무튼 조금이라도 이상하면 꼭 전화해."

임 형사가 핸드폰을 들어 보이며 일어섰다.

"교장 선생님, 담임 선생님께도 네게 돌려주겠다고 말씀드렸어."

임 형사가 상담실을 나갔다. 나는 말없이 고개만 숙였다.

"유하야, 많이 힘들지? 그냥 읽어 봐. 수지가 너에게 보낸 데는 이유가 있을 거야. 어쩜 너만이 풀 열쇠가 있는지도 모르잖아? 그렇다고 너무 부담 갖진 말고."

상담 샘이 내 어깨를 다독였다.

"네."

짧게 대답했다.

"내게 왜 찾아오지 않았을까? 나도 너처럼 부담 갖고 있단다. 너도 힘들면 언제든지 찾아와."

상담 샘 말이 위로가 되었다. 나는 억지 미소를 지으며 상담실을 나왔다. 학교 앞 내리막길에 노란 은행잎 몇 장이 바람에 떨어지고 있었다. 수지라면 달려가서 손으로 은행잎을 받았을 것이다. 그 은행잎을 책장 사이에 꽂았을 것이다.

집에는 아무도 없었다.

"호수로 걸어가며 무서웠지? 택배 보내지 말고 직접 전화하지 그랬어?"

다이어리를 꺼내 어루만지며 수지가 곁에 있는 듯 중얼거렸다.

팽수가 나를 빤히 바라봤다. 그게 수지로 보였다가 팽수로 보였다가 정신을 못 차리게 했다. 눈물이 핑 돌았다. 그동안 나오지 않았던 눈물이 갑자기 주르륵 쏟아지기 시작했다. 나는 이불 속으로 파고들었다. 베개를 입에 대고 소리 내어 울기 시작했다. 몸 속 가득 모인 눈물 보가 터진 듯했다. 눈물이 마르도록, 기운이 다 빠지도록 그렇게 울었다. 눈물로 무거웠던 몸이 조금은 가벼워진 것 같았다. 그동안 나를 괴롭혔던 가슴 통증이 사라지는 것도 같았다. 거울 속 눈은 퉁퉁 부어 있었다.

다이어리를 펼쳤다. 별로 특이한 것도 없는 다이어리. 연필로 쓴 다이어리였다. 수지는 글을 쓸 때 꼭 연필로 썼다. 그래야 잘 써진다고 했다.

"시인 수녀님과 유명 작가님도 연필로 쓴대. 연필로 쓴다고 더 잘 써질 리는 없겠지만 나도 연필로 쓰는 게 마음이 편해."

"홍수지 작가님은 어려서 일기를 꼭 연필로 썼다고 합니다. 네가 유명 작가가 되면 그런 기사가 나오겠지? 그렇게 돼라. 꼭."

"네. 오늘의 저를 작가로 만드는 데 도움을 준 것은 연필로 쓴 수십 권의 일기장인 것 같아요. ㅋㅋㅋ."

"제가 그 증인이랍니다. ㅋㅋㅋ."

우린 그때 막 웃었는데.

연필로 쓴 일기를 왜 내게 보낸 걸까? 단숨에 읽었다. 없었다. 특별한 말이 없었다는 뜻이다. 가해자 이름도, 가해자들이 괴롭혔다는 글도 없었다. 죽음의 낌새는 더더욱 없었다.

갑자기 다이어리가 섬뜩하게 느껴졌다. 다이어리가 불길한 부담으로 다가왔다. 표지의 펭수 캐릭터가 나를 빤히 바라봤다. 얼른 서랍에 넣고 말았다. 엄마에게는 다이어리 이야기를 하지 않았다. 그러는 게 좋을 것 같았다.

"강유하. 다이어리 돌아왔다며?"

이튿날 애들이 다시 내 자리로 몰려왔다. 상담실로 들어가는 경찰과 나를 본 사람이 있었나 보다. 애들의 관심은 온통 다이어리에 쏠렸다.

"다이어리에 뭐가 있어?"

"자살 이유는? 다이어리를 남긴 이유는 알아냈니?"

"특별한 건 아무것도 없어. 나더러 저를 잊지 말라는 뜻으로 보낸 것 같아."

나는 더 이상 대답할 말이 없었다.

"그게 말이 되냐? 나라면 그 다이어리에서 뭔가 찾아낼 수 있을 것 같은데."

"혹시 내 이름 있어? 내 이름 있는지만 알려 주라."

"내가 수지에게 뭘 잘못했지?"

애들은 불안해했다. 모두 다이어리를 보고 싶어 했다. 노골적으로 보여 달라는 애도 있었다. 일일이 상대하는 게 귀찮았다.

다음 날 가방에 수지 다이어리를 챙겨 넣었다. 책상 위에 다이어리를 꺼내 놓자 애들이 우 모여들었다.

"뭔가 있을 거야. 우리가 찾아보자."

"무슨 단서가 있는지도 몰라."

"우리 모두 돌려 보면 어떨까?"

애들 눈이 호기심으로 반짝였다.

"대표로 한 명만 읽어."

내 말에 애들 눈이 더 반짝였다. 그러나 선뜻 나서는 애는 없었다.

"내가 짝이니 내가 읽는 것 반대 안 하지?"

은재가 반대하는 애는 가만두지 않을 것처럼 단호하게 말했다.

"내가 책임지고 수상한 점을 찾아볼게."

은재가 딱 부러지게 말했다.

"그래. 읽고 알려 줘."

애들이 아쉬운 듯 물러갔다. 은재는 수업 시간에 다이어리에 코를 박았다. 애들은 그런 은재를 힐끔거렸다. 심각한 표정으로 은재에게서 눈을 떼지 않고 지켜보는 애도 있었다.

"별것도 없는데? 왜 남겼지?"

은재가 다 읽고 나서 말했다.

"없어. 아무것도 없어. 가해자의 '가' 자도 없어. 증거의 '증' 자도 발견할 수 없어."

은재가 고개를 살래살래 저었다.

애들은 은재가 수상한 점을 발견하지 못해 실망했다. 그리고 안도했다.

다시 일주일이 지났다.

명탐정이라도 된 양 흥분했던 애들 관심이 뜸해져 갔다. 담임 샘 표정도 일상으로 되돌아갔다. 나만 수지에게서 벗어나지 못한 것 같았다.

집에 도착해서 다이어리를 펼쳤다. 역시 별다른 것을 찾아내지 못했다. 미세 먼지가 찜찜해서 샤워했다. 내 방에 들어가니 엄마가 얼굴이 파랗게 질린 채 서 있었다. 과일 접시가 다이어리 옆에 있었다.

“이게 뭐니? 홍수지? 자살했다는 그 수지? 그 애 다이어리를 왜 유하 네가?”

엄마 눈이 커다랗게 벌어졌다. 불안과 두려움이 섞인 표정으로 나를 응시했다.

“수지가 떠난 뒤 택배로 왔어.”

“왜 네게?”

다이어리를 넘기는 엄마 손이 가늘게 떨렸다.

그다음 날부터 엄마가 들들 볶기 시작했다.

"그 다이어리 그 애 고모 갖다 드려. 죽은 애 것이라서 그런가? 엄마는 꺼림칙해. 불길하단 말이야. 이만 끝내. 너 어쩌려고 계속 이래?"

"그 애가 유하에게 다이어리를 보낸 이유가 분명 있을 건데……."

'저기요' 아저씨만이 유일한 내 편이 되어 주었다.

엄마는 아빠가 돌아가신 뒤 9년 만에 재혼했다. 함께 산 지 1년이 다 되어 가는데도 나는 새아빠라고 부르지 못하고 있다. 고작해야 '저기요'를 아저씨 부를 때 호칭으로 쓸 뿐이다. "저기요."라고 부르면 아저씨가 나를 쳐다보곤 했다. 그래서 자연스럽게 '저기요'가 호칭이 되고 말았다. 나는 그 말도 자주 입에 올리지는 않았다. 그럴 일이 별로 없었다. 내가 그럴 기회를 아예 만들지 않았기 때문이다. 나를 응원해 주는 '저기요' 아저씨가 고맙게 느껴졌다.

수지가 떠난 뒤에도 시계는 평소처럼 잘 움직였다. 다이어리가 온 뒤에도 시간은 흘러갔다. 나는 수지의 다이어리에서 아무것도 찾아내지 못했다.

"왜 경찰이 아니고 나야?"

수지에게 따지듯 하늘을 향해 소리 치기도 했다. 미세 먼지 낀 하늘이 내 마음처럼 흐렸다.

수지와 처음 만났던 3월이 생각났다. 2학년이 되어 담임 샘이 누가 될지? 짝이 누가 될지? 신경이 날카로운 첫날이었다. 내게 다른 고민이 생겼다. 생리 때문이었다. 생리대를 준비하지 못해 화장실에서 나오지 못하고 있었다. 칠칠치 못한 나를 탓하며 시간만 보내고 있었다.

똑똑!

노크 소리가 들렸다.

똑똑!

나도 두드려 줬다.

모두 교실로 갔는지 애들 기척이 없었다.

똑똑!

다시 노크 소리가 들렸다.

"아직!"

내 말에 작은 목소리가 들렸다.

"혹시 생리대 필요하니?"

'오! 하나님, 부처님, 고맙습니다. 죽으라는 법은 없다니까.'

"응. 미처 준비를 못 했어."

대답 대신 화장실 문 아래로 생리대를 든 손이 보였다.

"고마워. 땡큐!"

화장실에서 나오니 주위에는 아무도 없었다. 모두 교실로 들어간 것 같았다. 저만큼 앞서가던 아이가 돌아봤다. 아이가 씩 웃었다. 미소가 예뻤다.

"너니? 정말 고마워."

아이에게 인사했다.

"나도 지금 막 생리가 시작되었거든."

그 애가 수지였다.

4월, 화장실에서 파우치를 들고 있는 수지를 만났다. 5월엔 수지가 생리대가 없다고 했다. 이번에는 내가 생리대를 건네줬다. 6월에도 수지와 나는 화장실에서 만났다.

"이번에도? 이상하다. 어떻게 우리는?"

수지가 내 어깨를 쳤다.

우리 둘은 생리일이 같았다. 정말 신기했다.

"우리 둘이 전생에 쌍둥이였나?"

"쌍둥이는 생리일도 같은 거냐?"

"몰라. 그냥 해 본 소리야."

"아무튼 우린 혈맹으로 맺은 친구 아니냐?"

"혈맹? 말 된다."

그 뒤 혈맹인 수지와 나는 자주 만났다.

둘 다 책을 좋아했다. 어떤 날은 같은 소설책을 들고 있을 때도 있었다. 그런 날이면 우린 책을 맞대고 팔짝팔짝 뛰었다. 둘 다 영화도 좋아했다. 도서관도 찾고 영화도 같이 보곤 했다. 우리는 하굣길 운동장 옆 느티나무 아래 벤치에서 자주 만났다. 많은 이야기를 나눴다.

"미세 먼지 없는 하늘이 저렇게 파랗구나. 하늘색이 저런 색인데 이모네 동생은 하늘색을 회색으로 칠했더라. 옛날엔 언제나 저렇게 파란 하늘이었다고 엄마가 말해 줬는데. 와! 파란 하늘의 구름이 너무 예쁘다."

"우리 할머니는 어려서 흰 눈을 밥그릇에 소복하게 담아 숟가락으로 퍼먹었대. 눈만 내리면 고모가 말씀하시는데."

그날 수지와 나는 많은 이야기를 했다. 교통사고로 한날한시에 돌아가신 수지 부모 이야기. 그 보상금으로 사업하다 망해 빚

만 남기고 돌아가셨다는 수지 고모부 이야기. 사채 때문에 가압류가 들어와 가구에 빨간딱지가 붙은 이야기. 빌딩 화장실 청소를 하시는 수지 고모의 월급에서 매달 빚이 빠져나간다고. 고모가 그 일을 그만두면 온 식구가 당장 밖에 나앉아야 한다는 이야기. 암으로 돌아가신 우리 아빠 이야기.

나는 아무에게도 하지 않았던 '저기요' 아저씨 이야기까지 나도 모르게 꺼냈다. '저기요' 아저씨가 싫기보다는 불편하다고 속마음을 털어놓았다. 엄마와 둘이 살 때가 더 좋았다고도 말해줬다.

수지도 많은 이야기를 했다. 많은 이야기 중에 지금도 기억나는 게 있다.

"나는 새로운 것에 대한 부담감이 커. 죽음이 아가리를 벌리고 있는 함정에 어떻게 발을 디딜 수 있을까? 하긴 오죽하면 그곳으로 떠났을까?"

"야, 소름 끼쳐. 그런 말 그만해. 무서워."

나는 두 손을 저었다.

"암튼 나는 절대 자살 같은 건 안 할 거라고. 만일 내가 자살했다고 밝혀지면 너는 믿지 마라. 그건 타살이야. 난 무서워서 절대로 자살 못 한다니까. 네게만 미리 밝혀 두는 거야. 부-타악-하-안-다. 가앙-유-하. 네가 내 원수를 갚-아-주--라."

수지는 머리를 풀어헤치며 귀신 흉내로 나를 웃겼다.

그날 수지와 나는 많이 웃었다.

수지의 풀어헤친 머릿속에는 500원 동전보다 더 큰 흉터가 두 개나 반짝이고 있었다. 어려서 화상을 입었다는 그 흉터엔 머리카락이 없었다. 수지는 흉터를 꼼꼼하게 머리칼로 감췄다.

"아무에게도 보이고 싶지 않은 내 트라우마야. 우리 가족만 아는 비밀. 이젠 너도 아는 비밀이 되었네. 내 가르마가 좀 이상하지? 두 개의 흉터를 감추려고 그래. 누가 내 머리 만지는 데 나 엄청 예민해."

수지는 숨기고 싶은 비밀까지 내게 말해 주었는데. 왜 자신을 괴롭힌 가해자 이야기는 하지 않았을까?

수지와 나는 10월이 되며 만남이 뜸해졌다. 내가 남자 친구 영모를 만나고부터였다. 영모와 나는 모의 해킹 때문에 컴퓨터실에서 자주 만났다. 수지는 자기보다 영모에게 온 신경을 쓰는 내가 서운했을수도 있다. 그런데 왜 나에게 다이어리를 보냈을까?

아무 증거도 발견 못 했으니 수지 고모에게 갖다주면 그만이

다. 고모가 학교 근처 빌딩 청소를 한다고 했다. 고모에게 갖다주면 된다. 다희 아빠 빌딩이라고 언뜻 들은 것 같다. 어디쯤에 있을까? 다희에게 물어보면 알 것 같았다.

왜 나는 밤잠도 설치며 다이어리를 손에서 놓지 못하는 걸까? 수지의 다이어리를 다시 읽었다. 소리 내어 읽었다. 그러나 특별한 것은 없었다. 7, 8, 9, 10월 넉 달의 일기. 별로 두껍지 않은 일기. 그냥 여중 2년생이 쓸 수 있는 잡다한 이야기. 그것뿐. 몸에 상처를 입힌 사람의 흔적은 어디에도 없었다. 자살할 기미 같은 건 더더욱 없었다.

다이어리에서 벗어나지 못하는 내가 더 이상한 것 같았다. 다이어리는 귀신처럼 나를 붙잡고 놓아주지 않았다. 수지가 나를 붙잡고 있는 느낌 때문에 소스라치게 놀라 일기장에서 손을 떼기도 했다.

그런데 왜 나야? 다른 사람 아닌 꼭 나여야 하는 이유가 있을까? 고모도, 고모네 언니 오빠도 아닌 나인 이유. 그게 궁금했다. 뜸해진 우리의 관계. 나를 꾸짖으려고? 아니면 뭘까? 나는 영모 때문에 수지가 시간 내 달라는 말을 다음으로 미뤘다. 그 뒤 수지가 떠났다. 그날 수지는 내게 무슨 말을 하려고 했을까? 남자 친구 때문에 수지를 외면했다. 어쩜 마지막 기회였을 텐데.

"미안해."

나도 모르게 중얼거렸다.

10월에서 11월로 바뀌었다. 나는 밤마다 이불 속에서 실컷 울었다. 몸속에 고여 있던 눈물이 밖으로 빠져나가 후련해지는 느낌이 들었다. 가슴의 통증도 거의 사라져 갔다. 낙엽을 밟으면서야 가을이 떠나고 있음을 알았다. 학원에도 가지 않고 집으로 돌아왔다.

"유하야, 어디 아파?"

엄마가 걱정했다.

"아니. 좀 쉴래."

씻지도 않고 그냥 침대에 누웠다.

저녁도 먹지 않았다. 엄마가 몇 번이나 살피러 왔지만, 눈을 뜨지 않았다. 그냥 모두 내려놓고 싶었다. 아무것도 알아내지 못한 일기. 정말 그만두고 싶었다.

내일 수지 고모를 찾아가 봐야겠다. 영화를 보고 오다가 들렀던 수지네 아파트를 찾아가면 되겠지. 수지 고모 직장보다는 집으로 갖다주는 게 나을 것 같았다. 다이어리를 전달하고 모두 잊

어버리기로 했다. 아무것도 찾아내지 못한 다이어리는 더 이상 내게 의미가 없었다.

'저기요' 아저씨

모의 해킹 대회에서 장려상을 받았다. 나는 어느덧 일상으로 돌아와 있었나 보다. 수지는 떠났는데 나는 상을 받았다. 내가 못된 아이 같아 상을 탄 게 오히려 부담되었다.

"IT 우수 인재 특별 전형 지원도 가능한 혜택이 부여됩니다."

시상식장에서 대회장은 자기가 혜택을 주는 것처럼 생색을 냈다. 우수상을 받은 영모 얼굴이 붉어졌다. 우리 학교에서 두 명이나 수상했다며 과학 샘 입이 귀에 걸렸다.

"여러분은 미래 대한민국의 사이버 안전을 책임질 해킹 및 정보 분야 청소년 우수 인재들입니다. 그러나 이건 어디까지나 모의 해킹임을 잊지 마세요. 모의 아닌 실제 해킹은 범죄임도 명심

하세요."

대회장이 염려를 곁들여 말했다.

"수지 네가 없어도 지구는 잘 돌아간다. 나는 상도 탔다. 억울하지 않냐?"

나도 모르게 중얼거렸다.

집에 돌아오자마자 수지의 다이어리를 살폈다. 어쩜 상을 탄 게 미안해서였는지도 모르겠다.

'수지야, 고모네 집에 네 다이어리를 전달해야 할 것 같아.'

마음을 다잡은 뒤 엄마에게 상장을 전했다. 기뻐하는 엄마 모습을 오랜만에 보는 것 같았다.

다시 다이어리를 펼쳤다. 엄마의 노크 소리를 듣지 못했나 보다. 엄마가 가까이 다가와서야 깜짝 놀랐다. 다이어리를 서둘러 서랍에 넣었다. 과일 접시를 들고 있는 엄마 손이 가늘게 떨렸다. 엄마는 말없이 접시를 책상 위에 놓고 나갔다. 수지 다이어리를 다시 꺼낼 수가 없었다. 과일도 손대지 않았다. 그냥 잠자리에 들었다.

화장실에 가고 싶어 잠이 깼다. 시계는 4시 30분을 가리키고 있었다. 화장실에서 볼일을 보고 거울을 봤다. 얼굴이 부석부석

했다. 다크서클이 줄넘기라도 할 기세였다. 어젯밤 내내 뒤척이느라 잠을 제대로 자지 못했다. 수지 고모께 다이어리를 전달하자고 결심했지만 잠을 못 자긴 마찬가지였다.

화장실 문을 닫는데 뭔가 이상했다. 안방에서 인기척이 느껴졌다. 안방 문틈으로 불빛이 새어 나왔다. 엄마의 흐느낌 소리도 같이 새어 나왔다. 숨죽인 채 안방 쪽으로 다가갔다. 그동안 안방은 내가 멀리했던 곳이었다. 1년 동안 가까이 가지 않았던 금지 구역이었다. 아저씨가 우리와 함께 산 뒤로 생긴 내 버릇이다.

"우리 유하 어떡해요."

내 이름이 들렸다. 나는 귀를 더 가까이 문에 댔다.

"아직도 그 애 다이어리를 붙들고 있으니 어떡해요? 며칠 전에는 숨죽여 우는 소리까지 들리더라고요."

"걱정 마요. 조금만 더 기다려 봅시다. 친한 친구를 잃고 그 애가 남긴 일기에 빠진 건 어쩌면 당연한 지도 모르지요."

엄마를 위로하는 '저기요' 아저씨의 목소리가 내게도 위로가 되었다.

"유하에게만 맡기지 말고 우리도 한번 자세히 읽어 봅시다."

"경찰도 이상한 점을 발견 못 했잖아요. 가려면 곱게 가지. 왜 다이어리를 남겨서. 왜 하필 우리 유하냐고요."

엄마의 목소리가 점점 원망 조로 바뀌었다.

"떠나면서 절박한 심정으로 보냈을지도 몰라요. 뭔가 분명 할 말이 있다고 나는 생각해요."

"강 작가님도 읽어 봤지만, 아무것도 발견 못 했잖아요. 누가 소설가 아니랄까 봐."

엄마의 울음소리가 마음 아팠다. 나 때문이기에 마음이 더 편치 않았다.

엄마는 둘만 있는데도 강 작가라고 부르나 보다.

동네 책방을 하던 엄마와 작가인 아저씨는 작가 초청으로 만났다. 겨울에 만난 후줄근한 독신 작가가 너무 추워 보여 불쌍했다나? 그래서 동정이 사랑이 됐다나? 어쨌다나? 엄마가 해 준 이야기이다. 노총각인 아저씨는 애 딸린 엄마를 왜 좋아했는지 모르겠다.

처음으로 레스토랑에서 '저기요' 아저씨를 만났다. 서로 소개하는 자리였다. 나는 아저씨와 눈을 맞추지 않았다. 그런 자리가 어색하기만 했다.

"강 작가님이 유하 네가 너무 예쁜가 봐. 너 같은 예쁜 딸을 갖게 될 줄 몰랐대. 강 작가님이 고아로 자랐잖아. 혼자인 그분이 나보다 네게 더 정이 간다네. 완전 반한 것 같더라. 결혼을 결심한 게 네 영향이 큰 것 같아."

말도 되지 않은 이야기 같았다. 부담되기도 했다.

'저기요' 아저씨랑 우리가 함께 산 지가 1년이다. 서재에 함부로 들어가지 말라는 엄마 부탁 말고는 예전과 달라진 건 없었다. 좋지도 싫지도 않은 사람. 그냥 엄마와 둘이 살 때보다 불편하게 만든 사람.

집 안에서 속옷 차림으로 돌아다니지 않아야 하는 불편함. 화장실에서 볼일을 볼 때 꼭 문을 잠가야 하는 불안함. 그 정도다. 다행히 안방에 화장실이 있어 크게 불편하지 않게 1년을 살아왔다. 아니다. 사실은 많이 불편했다. 그게 솔직한 고백이다. 엄마와 둘만 살던 집에 한 사람이 더 왔다. 더구나 생전 같이 살아 보지 않았던 남자다.

'엄마가 사랑하는 사람!'

'엄마를 행복하게 해 주는 사람!'

나는 애써 나를 세뇌했다.

반대로 아저씨는 완전 내 팬이었다. 내가 좋아할 일은 무엇이

든지 찬성해 주는(내가 부탁한 적은 한 번도 없었지만) 분이었다. 어려서 혼자였던 아저씨는 내가 자기 친딸이라고 굳게 믿고 있는 듯했다. 아저씨의 나에 대한 배려, 사랑. 아저씨에 대한 내 무관심. 그게 잘 섞여 이제껏 별 탈 없이 살아왔을 수도 있다.

아저씨가 내 편을 들고 있었다.

안방 문 앞에서 몸을 돌렸다. 살금살금 내 방으로 돌아왔다. 어젯밤 분명 잊기로 했는데. 조금 전까지도 정말 포기하기로 했는데. 아저씨 말에 다시 용기가 생겼다. 의자에 앉아 스탠드를 켰다. 불빛에 눈이 부셨다. 눈을 깜빡이며 어젯밤 밀쳐놓았던 수지의 다이어리를 펼쳤다.

이번에는 소리 내 읽어 봤다. 어제와는 다르게 읽혔다. 그래. 아저씨 말처럼 수지는 그냥 다이어리를 남기진 않았을 것이다. 뭔가 절박한, 꼭 하고 싶은 말이 있어서 내게 보냈을 것이다. 앞으로 엄마 보는 데서는 다이어리를 꺼내 보지 않아야겠다.

"유하야, 나랑 이야기 좀 할래?"

토요일 저녁, '저기요' 아저씨가 거실에서 나를 불렀다.

아저씨와 거실 소파에 앉았다.

다른 때는 함께 있는 시간을 될수록 피했던 나였다. 그런데 오늘은 내가 먼저 손 내밀고 싶었다. 불러 준 아저씨가 고맙기까지 했다. 뭔가 도움받을 것 같은 예감 때문이었다.

"괜찮아?"

"네."

"나는 내가 못한다고 생각하면 이상하게 더 못하게 된다. 자신감이 생기면 글도 더 잘 써진단 말이야. 유하 너도 자신감 가지고 찾아봐. 응? 내가 응원할게. 의심나는 게 있으면 언제든지 물어봐."

"네."

나는 아저씨를 바라봤다. 고마웠다. 그러나 말로 표현하지는 못했다.

"엄마가 너무 걱정하셔서 걱정이다."

나를 바라보는 아저씨 표정도 걱정스럽게 보였다.

방으로 돌아와 수지 다이어리를 꺼냈다.

'나는 수지와 친하다. 수지에 대해 다른 친구보다 많이 알고 있다.'

나는 나를 세뇌했다.

"나는 알아낼 수 있다."

중얼거렸다.

이번에는 문장 부호 하나까지도 자세하게 살피자고 마음먹었다.

기껏 넉 달 쓴 일기였다. 한 자 한 자 짚어 가며 읽었다. 문장 부호 하나까지 손가락으로 짚어 가며 읽었다. 10시가 되기 전에 다 읽을 수 있었다.

한숨이 나왔다. 밤이 늦도록 일기를 다시 읽었다.

8월 10일

배가 아프다. 지독한 생리통이다!

어제에 이어 이틀째 견딜 수 없는 통증이다.

병원에라도 가야 하나? 생각하다 그냥 참기로 했다.

어? 10일에 생리? 그동안 지나쳤던 내용이 내 눈길을 붙잡았다.

고개를 갸웃거렸다.

내 기억에 또렷한 8월 10일. 그때 나는 제주도에 있었다. 엄마, 아저씨, 나 셋이서 여름휴가를 갔다. 처음엔 두 분이 오붓하게 다녀오라고 거절했다. 아저씨는 같이 가자고 사정했다. 나는 몇 번이나 사양을 가장한 거절을 했다.

"야외에서 가족끼리 김밥 먹는 걸 숨어서 보며 울었단다. 가족끼리 야외에서 김밥 먹는 것, 가족 여행 한번 가 보는 게 어려서부터 아저씨 소원이라는데?"

엄마가 나를 설득했다.

"무슨 소원씩이나?"

말은 그렇게 하고서도 따라나선 여행이었다.

첫날 곽지 해수욕장 부근 펜션에서 바라본 바다는 환상적이었다.

"와! 완전 멋져. 침대에 누워서도 바다가 보여!"

나는 환호성을 질렀다.

아저씨 앞에서 처음으로 그런 모습을 보였을 것이다. 나를 보며 아저씨 입이 귀에 걸렸다.

다음 날 혼자서 해수욕장에서 좀 떨어진 바닷가를 찾았다. 하얀 모래 위에 맑은 바닷물이 왔다가 물러가는 곳. 물 위에 떠다니는 연둣빛 미역이 예뻤다. 손으로 미역을 만지는 내 곁으로 아저씨가 다가왔다. 아저씨도 나를 따라 미역을 만졌다. 우리는 마주 보며 웃었다.

"해수욕장에 왔으면 수영을 해야지?"

아저씨 말에 엄마랑 같이 수영을 했다. 파도에 휩쓸려 물을 먹고 코가 매웠던 기억이 아직도 생생한데. 그런데 생리통이라고? 나는 그날 생리를 하지 않았다. 생리가 끝나서 홀가분하게 제주도에 갔기 때문이다.

확! 머릿속이 밝아지는 느낌. 망치로 두들겨 맞은 듯한 느낌. 이게 수지가 나에게 하고 싶었던 말이 아닐까? 나만이 풀 수지의 비밀이 아닐까? 심장이 터질 듯 뛰었다. 벌떡 일어났다. 다이어리를 가슴에 안고 안방을 향해 달렸다.

'저기요.'

엄마 대신 아저씨를 부르고 싶었다. 안방 문을 두드리려다 손을 내렸다. 대신 손으로 입을 가렸다. 새벽 2시에 안방 문을 두드리다니? 말이 안 된다. 무서운 꿈을 꾸고 엄마께 달려갔던 초딩 때도 아닌데. 살며시 발길을 돌렸다.

다시 책상 앞에 앉았다. 생리통이 더 있는지 찾아봤다. 금을 캐는 광부처럼 한 문장 한 문장을 꼼꼼하게 살폈다. 있었다. 하나 더 있었다.

9월 21일이었다.

9월 21일, 그날 나도 생리가 있었나?

가슴이 두근거렸다.

9월 21일

지독한 생리통이다! 너무 아프다. 어떻게 해야 할까?

생리통은 누구에게 도움을 받을 수도 없는 통증이다.

온몸을 돌아다니는 통증 때문에 진통제를 삼켰다.

통증, 통증 때문에 잠이 오지 않았다.

너무 힘든 밤이다.

기억력을 동원해 내 생리일을 생각해 냈다. 이것도 거짓이다. 나와 수지는 월초가 생리일인데. 21일은 아니다. 거짓말이다.

내 생리일은 10월 3일이었다. 똑똑히 기억할 수 있다. 그날은 외할머니 생신이라 외삼촌네랑 이모네랑 모두 외갓집에 모였다. 나는 생리통 때문에, 안방에 혼자 누워 있었다. 할머니가 이불을 덮어 주며 쉬라고 했다.

"네 엄마 생리통도 장난 아니었는데. 좋지도 않은 걸 뭐 하러 닮니?"

할머니가 진통제를 챙겨 주며 한 말도 기억났다.

왜 생리일도 아닌 날에 생리 통증이라고 쓴 걸까? 나는 정신없이 수지의 생리일을 체크했다.

8월 10일

9월 21일

딱 이틀이다. 더 이상은 없었다. 두 번 다 거짓이었다. 왜, 거짓으로 쓴 것일까? 무슨 이유가 있는 걸까? 수지의 다이어리에서 눈을 떼지 못했다. 머리에 쥐가 날 것 같았다. 풀리지 않은 퀴즈처럼 머리만 아팠다.

통증, 온몸의 통증 때문에 잠이 오지 않았다.

통증, 통증 다음에 찍은 쉼표(,)가 눈에 들어왔다. 언젠가 했던 수지 말이 생각났다.

'쉼표(,)에서 쉬어야 마침표(.)에 도달할 수 있다지?'

수지는 통증, 단어에서 쉬고 그다음 문장을 자세히 살펴보라는 뜻은 아닐까? 쉼표에 자꾸만 신경이 쓰였다. '통증,' 그다음 문장은 '온몸의 통증'이다. 생리 때는 배가 아프다. 온몸의 통증은 아니다. 혹시 그날 누군가에게 맞았다는 것을 알리고 있는 것은 아닐까? 나도 모르게 다이어리를 덮고 말았다. 온몸에 소름이 돋아났다.

생리일이 아닌 날의 거짓 생리. 배가 아닌 온몸의 통증. 이 두 문장이 사건의 실체를 알려 주고 있는 걸까? 내가 찾아야 할 첫 번째 퍼즐 조각이 아닐까?

수지를 폭행했던 사람의 정체가 밝혀질지도 모른다. 그때였다. 이상한 생각이 내 발목을 잡았다. 밝혀내고 싶다는 생각. 덮고 싶다는 생각. 두 생각이 시소를 타고 있었다. 왜 갑자기 그런 말도 안 되는 생각이 난 걸까? 그동안 얼마나 애를 썼는데. 이제 겨우 퍼즐 조각 하나 붙잡았을 뿐인데.

무서웠다. 무언지 모를 공포가 나를 둘러쌌다. 내가 밝혀낸다면, 그 사람은 나를 가만두지 않을 것이다. 이번엔 수지 대신 나를 괴롭힐 지도 모른다. 엉뚱한 그 생각이 나를 놓아주지 않았다. 비겁한 그 생각이 부끄러웠다. 나도 모르게 주위를 두리번거렸다. 수지를 죽게 한 범인이 어딘가에서 나를 지켜보고 있을 것만 같았다. 수지 다이어리를 내가 가진 것도 범인은 알고 있을 것이다. 어쩜 지금도 내 방에 불이 켜진 걸 보고 있는지도 모른다.

서둘러 스탠드를 껐다. 다이어리를 서랍에 넣고 의자에서 엉덩이를 뗐다. 벽의 스위치를 누르자 어둠이 몰려왔다. 공포도 함께 몰려왔다. 침대에 몸을 던졌다. 잽싸게 이불 속으로 파고들었다. 통증 때문에 잠을 이루지 못했다는 수지. 나는 공포로 잠을 이루지 못했다.

느낌표가 말을 걸다

일요일 아침. 햇살이 방안에 부챗살처럼 퍼졌다. 어젯밤 공포는 햇살이 몰아낸 것 같다. 공포가 궁금증으로 바뀌어 있었다. 침대에서 벌떡 일어났다.

서둘러 다이어리를 펼쳤다. 거짓인 생리일을 더 자세히 살펴보기로 했다.

8월 10일

지독한 생리통이다!

9월 21일

"수지야, 네가 시간 있냐고 물었을 때 영모랑 만나기로 했거든. 그때 네 부탁 못 들어줘서 미안. 나 지금 영모랑 잘 안 만나. 네 생각 많이 하는 나를 이해 못 하는 영모가 너무 서운해서야."

중얼거리며 다이어리를 펼쳤다.

"수지야, 이제 그만 일기에 감춰 놓은 비밀을 알려 줘. 머리가 터질 것 같아."

이번에도 나는 소리 내어 말하고 있었다.

나는 또 거짓의 일기를 읽고 있었다. 8월 10일 일기. 눈에 띄는 이상함. 뭔가 이상했다. 뭐가 이상한지는 모르겠다. 눈을 지그시 감았다가 떴다.

눈이 뚫어져라 바라봤다. 보인다. 눈에 확 들어오는 느낌표(!). 야구 방망이처럼 생긴 느낌표(!). 그 느낌표(!)가 방망이가 되어 내 머리를 때리는 느낌. 9월 21일 것을 찾아 읽었다. 역시 느낌표(!)가 있었다

두 번의 생리일에 똑같이 찍힌 느낌표(!).

지독한 생리통이다!

흔히들 마침표를 찍을 곳에 수지는 느낌표를 찍었다. 그동안 무심코 지나쳤던 느낌표가 내 눈을 잡고 놓아주지 않았다. 수지가 느낌표를 통해 나에게 말을 걸고 있었다. 왜 마침표(.) 아닌 느낌표(!)를 찍은 걸까? 느낌표 부호 하나에 너무 예민한 건지도 모른다. 그게 느낌표건 마침표건 놀랄 일도 아닌데. 그럴 수도 있는데 자꾸 신경이 곤두섰다. 빈 종이에 느낌표를 그렸다. 하나, 둘, 셋……. 계속 그렸다. 마침표도 그렸다. 종이에 느낌표와 마침표가 가득 찼다.

엄마가 아침 먹자고 부를 때까지 두 부호가 날 놓아주지 않았다. 식사를 급하게 해치우고 다이어리를 다시 펼쳤다. 꼼꼼하게 찾기 시작했다. 맨 앞장에서 끝장까지 손가락으로 짚어 가며 찾았다. 없었다. 특별한 느낌표는 더 이상 없었다.

거짓된 그날 일기만 열 번 스무 번을 읽었다. 가슴이 두근거렸다. 행여 수지는 나와 수지만의 비밀. 생리일을 통해 내게 뭔가 말하고 싶은 건 아닐까? 이틀의 거짓 일기는 비밀의 문으로 들어가는 열쇠일지도 모른다. 분명 거짓 일기는 더 있을 것이다. 거짓 일기가 있다는 사인을 나만이 알 수 있는 생리일로 말했을 것이다.

일기 내용에 가해자가 있을 수도 있다. 임 형사도 은재도 읽었던 다이어리. 그들은 이상한 게 없다고 했다. 일부러 나만이 알아챌 거짓 생리일을 적어 넣었을지도 모른다.

다이어리를 다시 한번 꼼꼼하게 살펴보기로 했다. 다이어리에 나오는 사람들 이름부터 뽑아 보자. 그중에 범인이 있을지도 모른다. 수지가 나에게 알려 주려 밝혀 놓았을 것만 같았다.

사람 이름을 찾아 적기 시작했다. 가장 먼저 내 이름이 나왔다. 다이어리 선물이 고맙다는 내용이었다. '내가 작가가 되어 사인한 책을 유하에게 주고 싶다. 그랬으면 참 좋겠다.'라고 했다. 코끝이 찡해졌다. 그때만 해도 참 좋았는데. 누구에게나 되돌아가고 싶은 순간이 있다. 나는 수지가 살아 있는 그 순간으로 돌아가고 싶다. 진짜 그럴 수 있다면 얼마나 좋을까? 하고 또 해도 그 생각은 나를 떠나지 않았다. 눈물이 나오려고 해서 헛기침을 했다. 수지가 야속했다. 미웠다.

다이어리에 코를 박고 이름을 찾기 시작했다. 고모, 담임 샘, 수지 짝꿍 은재, 등 뒤의 건우, 고모 동료 아줌마들, 고모네 언니와 오빠, 우리 반 애들. 작가 이름 등, 모두 21명이었다. 넉 달 동안의 120여 일 일기. 거기에 나온 사람들은 별로 많지 않았다. 어쩜 이 사람 중에 수지를 폭행한 사람이 있을지도 모른다.

수지가 어떤 덫에 걸렸을까? 인터넷을 달구는 은밀한 사진으로 인한 덫? 혹시 사촌 오빠가? 그건 아니다. 사촌 언니 오빠의 좋은 점을 침이 마르게 자랑하던 수지였다. 그런데도 왜 그런 더럽고 무서운 쪽으로 신경이 쓰이는 걸까? 그런 사건들이라면 이미 경찰에서 자세하게 찾아봤을 것이다. 수지는 나만이 알아낼 수 있는 비밀을 알려 주려 일기를 내게 보냈을 것이다.

나는 탐정이 된 기분으로 한 사람 한 사람 이름을 훑었다. 가장 먼저 고모네 언니와 오빠가 등장한 문장을 꼼꼼하게 읽었다.

'비 내리는 날, 언니가 김치전 만들어 줘서 맛있게 먹었다.' '오빠가 선물해 준 책, 고마웠다. 오빠가 용돈을 아껴 사 준 책이라 더 고마웠다. 오빠는 나더러 꼭 작가가 되라고 했다.' '고모가 엄마 아빠 기일에 너무 울었다. 속이 상했다.' 등 별 이상한 점은 없었다.

'짝꿍 은재가 포스트잇을 선물해서 고마웠다.' '유하랑 호수에 갔다. 연꽃잎에 굴러다니는 은색 물방울이 신비스러웠다. 도중에 비가 내렸다. 온몸이 흠뻑 젖고 말았다.' '민서는 어떻게 공부해서 그렇게 성적이 좋을까?' '장유장 작가의 책을 읽었다. 나도 작가가 되고 싶다. 꼭 되고 싶다. 장유장 작가처럼 독자들의 혼을 쏙 빼놓을 추리 소설을 쓰고 싶다.' '가연이 머리는 유난히 윤기가 있고 찰랑거려 부럽다.' '건우는 참 착하다.' '하린이를 시장에서 만났다.' '친구들이랑 방탄 노래방에 갔다. 다희가 선물한 틴트 색깔이 마음에 든다.' '다희와 방탄 노래방에 갔다. 너무 노래를 잘해 기절할 것 같았다. 나도 그렇게 노래를 잘할 수 있다면 얼마나 좋을까?' 등 특별한 내용은 없었다.

21명 중 폭행범은 누구일까? 가슴이 두근두근 요동을 쳤다. 금방이라도 범인의 이름이 톡 튀어 오를 것 같았다. 21명 이름 중에서 '나야 나.' '나라니까.' '나 잡아 봐라.' 누군가 뛰어나올 것 같았다. 범인의 이름 위에 피가 번져 날 것만 같았다. 등이 서늘했다.

21명 중 의심이 가지 않은 사람 이름부터 지워 나가기로 했다. 먼저 내 이름을 지웠다. 그다음 고모를 지웠다. 수지는 고모가 고맙고 불쌍하다고 했다. 고모 은혜를 꼭 갚고 싶다고 했다. 고모네 언니, 오빠도 친동생처럼 대해 준다고 했다. 그래서 지워진 이름이 4명이다. 이제 17명 남았다. 고모의 동료 청소부 아줌마 3명도 지웠다. 다음에 짝꿍 은재를 지웠다.

'너 다음으로 좋아하는 친구야. 인정 많은 좋은 애.'

수지 말이 기억났기 때문이다.

이제 13명 남았다. 장유장 작가는 물론 아니다. 가능성 0%니까 지웠다. 이제 12명 남았다. 담임 샘도 지웠다. 남은 이름은 11명. 모두 우리 반 친구들이다.

가연이는 1학년 말 전학 온 아이다. 가연이 이름을 살피고 있을 때였다.

"어? 가연이네. 너희 학교 다녀? 학폭 피해자였는데 잘 지내고 있나 몰라."

초등학교 때 전학 간 친구가 우연히 알려 준 말이 생각나서다. 그건 수지와 나만이 알고 있는 비밀이다. 슬퍼 보이는 가연이 얼굴이 생각나 이름을 지웠다. 섬찟했다. 혹시 수지도 학폭 피해자? 왜 갑자기 그런 생각이 훅 치고 들어온 걸까? 학폭에 관심 두고 내용을 살펴보고 싶어졌다.

민서는 전교 1등이다. 시간만 나면 책상에 앉아 책을 보는 아이다. '공부 귀신'이 별명인 민서는 폭행할 시간 자체가 있을 리

없는 아이다. 민서도 줄을 그었다. 수지 뒤에 앉은 건우도 아니다.

'남자가 나보다도 더 여려. 나는 왜 그 애가 걱정이 되지?'

수지가 말했다. 그래서 건우 이름에도 줄을 그었다. 남은 건 8명.

다희도 아니다. 모범생 상을 탄 애다. 재단 이사장 딸이다. 언젠가 수지가 우유 당번일 때 상자를 같이 들어 주던 모습이 생각나기도 했다. 다희도 줄을 그었다.

이제 남은 건 딱 7명. 대부분 우리 반 애들이다. 특별히 의심할 만한 아이가 없었다. 한 명 한 명, 이름을 불러 봤다. 종이가 뚫어져라 쳐다봤다. 찾아낸 것은 아무것도 없었다. 7명의 이름에 줄을 박박 그어 버렸다.

뭔가 그림이 그려질 것 같았는데. 범인을 밝혀낼 것 같았는데. 다시 처음으로 돌아갔다. 허망했다. 21개의 줄로 지워진 이름. 아무것도 알아낸 것이 없다. 거짓 일기 이틀이 뭔가 단서가 될 줄 알았는데. 느낌표가 무언가 알려 줄 것 같았는데. 온몸의 힘이 빠져나갔다. 그동안 매달린 시간이 억울했다. 왜 수지는 내게 이런 고통을 준 걸까? '나를 죽게 만든 범인은 ○○○이야.' 왜 밝히지 않은 걸까?

약속을 잘 지킨 수지. 숙제하는데도 내 두 배의 시간을 들여 꼼꼼하게 하는 수지. 수지의 성격을 봐서 그냥 장난으로 다이어리를 남기진 않았을 것이다. 누구라도 죽으러 가는 길에 장난으로 택배를 보내지는 않을 테지만. 수지 생각을 찾아내지 못했다. 내 생각만 쌓여 갔다.

가해자를 밝히지 못하고 떠난 이유가 뭘까? 택배로 보내면서까지 왜 밝히지 않은 걸까? 머릿속이 엉킨 실타래가 되어 가고 있었다. 책상에 엎드렸다. 꼼짝도 하기 싫었다. 사방이 꽉 막힌 작은 방에 갇힌 기분이었다.

'사방이 막혀도 하늘은 뚫려 있대.'

언젠가 내가 수지에게 했던 말이다. 왜 갑자기 이 생각이 날까? 정신이 번쩍 들었다. 내가 그렇게 말해 놓고 이 꼴이라니? 고개를 번쩍 들었다. 방문을 열고 거실로 나갔다. 창문을 열고 심호흡했다.

"유하야, 언제고 내 도움이 필요하면 불러."

아저씨가 내 등 뒤에 대고 말했다.

"고맙습니다."

서재로 들어가는 아저씨 등 뒤에 대고 말했다. 아저씨와 자연스럽게 대화를 나누는 내가 철이 들어가는 걸까? 그동안에도 아저씨가 싫은 건 아니었다. 아저씨를 대한다는 게 그냥 어색했다. 여자끼리만 살아온 집에 아저씨가 있는 게 불편했다. 그래서 피하고 싶었을 뿐이었다.

아저씨는 뒤돌아보지 않고 오른손을 번쩍 들었다.

다시 방으로 들어가 책상 앞에 앉았다. 수지의 다이어리는 파란색을 뽐냈다.

"수지, 너 이러기니?"

입 밖으로 나온 말에 놀라 손으로 입을 가렸다. 행여 엄마가 들을까 봐 조심스러웠다.

'너 포기하는 거야? 강유하답지 않네. 내가 그냥 일기를 남긴 것 같아? 너니까, 남긴 거야. 지금까지 퍼즐을 잘 찾아왔잖아? 이제 조금만 더 찾아 맞춰 볼래? 그럼 그림이 완성될 거야. 일기에 사실대로 쓰지 못한 이유도 너는 찾아낼 수 있을 거야. 나는 널 믿어.'

생생하게 들렸다. 수지가 내 마음속에 들어와 있나? 내 착각이 아닌 진짜처럼 들리는 수지 목소리. 나도 모르게 뒤를 돌아봤다.

'그래 포기하지 말자.'

8월 10일, 거짓 생리 일기를 다시 읽었다. 뭔가 이상했다. 다른 쪽보다 조금 구겨진 느낌이었다. 과학 시간에 썼던 돋보기를 꺼내 자세히 살폈다. 지우고 그 위에 다시 덮어쓴 흔적이 있었다. 지우개로 지운 뒤에 남긴 지우개 똥 같은 것도 보였다. 책갈피에 보일 듯 말 듯 숨어 있었다. 9월 21일 일기를 살폈다. 있었다. 그날도 지운 흔적이 보였다. 채 지워지지 않은 글씨 흔적이 희미하게 보였다.

이틀의 생리 거짓 일기를 나중에 일부러 써넣은 것 같았다. 숨이 콱 막혔다. 수지가 남긴 증거를 적어 봤다.

1. 거짓 생리 일기 2번

2. 거짓 생리 일기 뒤에 붙은 느낌표(!)

3. 지우고 다시 쓴 흔적. 틈새에 끼어 있는 지우개 똥

기껏 세 가지다. 이것들이 수지가 내게 남긴 힌트다. 내게 무얼 알리고 싶었을까? 왜 거짓 일기를 써넣었을까? 이것만으로 무얼 찾아낼 수 있을지 암담하긴 마찬가지였다.

거짓 일기를 다시 한 자 한 자 손가락으로 짚어 가며 읽었다. 어쩜 답은 느낌표(!)가 알려 줄 것 같았다. 가슴이 뛰었다. 처음부터 꼼꼼하게 느낌표만 찾기 시작했다. 처음부터 다시 한 줄씩 천천히 찾았다. 눈을 크게 뜨고 찾았다.

헉! 숨을 들이마셨다. 벌린 입을 쉽게 다물지 못했다. 이제껏 보이지 않았었는데. 있었다. 느낌표(!)가 있었다. 수지가 만든 퍼즐 조각이라는 느낌이 들었다. 마침표(.) 위에 있는 듯 만 듯 그어진 가는 줄. 분명 느낌표(!)였다. 거짓을 알린 생리일에는 야구 방망이처럼 선명한 느낌표(!)가 있었다. 이번에 발견한 느낌표(!)는 가늘게 보일 듯 말 듯 숨어 있었다. 모두 3개였다. 언뜻 보기엔 마침표(.)로 보였다. 하지만 자세히 보면 분명 느낌표(!)였다.

가연이, 다희, 민서 이름이 있는 문장에 찍힌 느낌표(!).

그게 수지가 내게 알려 주고 싶은 이름일까?

학폭이 맞는 걸까? 세 애가 가해자란 말인가? 믿을 수가 없었다. 세 애가 나오는 곳을 읽고 또 읽었다. 없었다. 별다른 것이 없었다. 학폭 피해자로 다른 학교에서 전학 온 가연이. 똑 부러지고 다부진 다희. 전교 1등, 공부 외에는 다른 데 관심 없을 것 같은 민서. 믿어지지 않았다. 그러나 수지가 허투루 남긴 힌트는 아닐 것이다. 믿고 싶었다.

다이어리를 꽉 움켜쥐었다. 한참 뒤 다이어리를 움켜쥐고 있는 손이 저렸다. 느낌표(!)는 희미했지만, 확신은 선명하게 다가왔다.

거짓 일기

선명했던 확신이 점점 빛을 잃어 갔다. 확신을 갖기엔 뭔가 부족하다는 생각이 나를 잡고 놓아주지 않았다. 증거를 더 찾아야 했다. 보다 확실한 증거 말이다.

느낌표(!)가 붙어 있었던 세 아이가 나온 쪽을 다시 펼쳤다. 그 애들이 나온 내용을 한 자 한 자 천천히 읽었다.

민서와 함께 먹으려고 땅콩을 챙겼다. 땅콩의 고소한 맛은 마음까지 편안하게 만들어 주는 냄새다! 민서와 땅콩 먹을 기회를 만들지 못했다. 나중에 먹어야겠다.

땅콩? 왜 내가 이걸 놓쳤을까? 수지는 땅콩 알러지가 있다고 언젠가 말했었는데. 그 말이 왜 이제야 생각나는 걸까? 왜 그동안 그냥 지나쳤을까? 무엇이 내 눈을 가리고 있었을까? 나는 내 머리를 주먹으로 콩콩 때렸다.

가연이에 대한 내용도 꼼꼼하게 읽기 시작했다.

학폭 피해로 1학년 때 전학 온 가연이. 안타깝다. 손재주가 좋은 가연이 머리는 언제나 찰랑거린다. 가연이 머리가 부럽다. 가연이에게 내 머리 손질을 부탁해 볼까!

머리 손질? 이건 분명 아니다. 수지는 감추고 싶은 흉터 때문에 트라우마가 있다. 머리칼을 누구에게 손대게 할 리가 없다. 절대로 없다. 이것도 거짓이다. 이런 중요한 것을 왜 그동안 놓치고 있었을까?

꼼꼼하게 읽어 봤지만 다른 애들에 관한 수지의 거짓 일기는 없었다.

그럼, 민서와 가연이만 가해자일까?

다희에 관한 내용을 찾았다.

다희 눈은 반짝이는 게 매력적이다. 영특하게 보이는 그 애 눈이 그 애의 매력 포인트인 것 같다!

이것도 거짓이다.

수지는 말했다.

'다희 눈은 어른 눈 같아. 아이 눈이 아닌, 세상을 다 살아본 노파의 눈이랄까? 나는 어쩐지…….'

고개를 젓던 수지 모습이 생각났다.

이게 정말 증거가 될 수 있을까? 내게 했던 말과 일기에 쓴 말 중 어느 게 진짜일까? 내 마음이 요동쳤다. 나도 내 마음을 이렇게 믿지 못하는데 누가 믿어 줄 수 있을까? 더 찾아보자. 다시 다이어리를 펼쳤다. 가연, 다희, 민서에 관한 것만 찾아 읽었다. 가슴이 쿵 소리를 냈다. 있었다. 의문스러운 내용이 눈에 들어왔다.

서점에 있는 민서를 봤다. 그러나 민서는 나를 보지 못했다!

나도 알고 있는 8월 15일 일기다. 그날 수지와 서점에 간 건 민서 아닌 나였다. 민서는 그날 수학올림피아드에 참석했다. 학교

대표라고 담임 샘이 자랑스럽게 말했던 게 기억난다.

8월 19일

마트에 책가방 맡기고 가연이와 함께 빙상 경기장에 스케이트를 타러 갔다!

이것도 아니다. 날짜가 틀렸다. 그날은 가연이가 마트에서 알바하고 있었던 날이다.

"부모님이 급한 일로 출타 중. 알바에게 연락해도 연결이 안 되어 내가 잡혔다."

마트 계산대에 앉아 있던 가연이가 한 말이다. 내 생일 케이크를 준비한 엄마가 아저씨의 출판 기념 파티도 함께하자고 했다. 샴페인을 사 오라고 해서 기억나는 날이다. 그 말도 물론 수지에게 말했다. 생일 이야기하다가 가연이 이야기까지 한 거였다.

9월 4일

토요일 점심때 고모에게 갔다가 다희를 만났다. 반가웠다!

이건 맞는 말인가? 잘 모르겠다. 아니다. 그날 다희는 미술 대회에 참가했다. 나도 참가했기에 또렷이 기억하고 있다. 아마 다른 날 것을 잘못 쓴 것 같다.

왜 거짓 일기를 썼을까? 내가 기억할 수 있는 날에만 거짓 일기를 쓴 이유는? 수지는 그날들에 내가 어디에 있었는지 그 애들이 어디에 있었는지 알고 있었다. 내가 말했고, 수지도 말해서 둘 다 알고 있는 날들에 일어난 일이니까.

나는 책상 위에 쿵 소리가 나도록 머리를 찧고 엎드렸다. 어떻게 이런 걸 발견하지 못했을까? 가슴을 치고 싶었다.

그들 세 아이에 대해 쓴 뒤에 찍힌 보일 듯 말 듯한 느낌표(!). 이건 수지가 내게 보낸 메시지가 분명하다. 만일 가해자가 일기 검사했다 해도 어쩜 내용만 확인하고 날짜는 확인 안 했을 수도 있다. 묘한 확신에 가슴이 벌렁거렸다.

나는 의자에서 벌떡 일어섰다. 다이어리를 두 손으로 안았다. 누군가에게 묻고 싶었다. 혼자서만 알고 있기엔 가슴이 벅찼다. 아저씨를 찾기로 했다.

똑똑!

서재 문을 노크했다.

"저기요."

아저씨를 불렀다.

'저기요'라고 부르는 아내의 딸. 아저씨는 그렇게 부르는 나를 한 번도 나무란 적이 없었다. 그냥 있는 그대로 나를 받아 주고 있었다.

"그냥 아저씨라고 불러. '저기요'가 뭐니? 아님 강 작가님이라고 부르던지."

엄마는 몇 번이나 나를 타일렀다.

"그냥 둬요. 난 상관없어요. '저기요' 든 '여기요'든 '연수 씨'든. 부르고 싶은 대로 부르게 해요. '연수야'가 아니라서 얼마나 다행이야?"

아저씨 말이 생각났다.

"유하야. 나 찾았어?"

아저씨가 문을 열고 고개를 내밀었다. 머리가 엉망으로 헝클어져 있었다. 눈곱 붙은 눈도 빨갰다. 글을 쓰다가 잠깐 잠이 들었다가 내 노크 소리에 깬 지도 몰랐다. 미안했다. 나도 모르게 머리를 손으로 긁적였다. 수지 다이어리를 앞으로 내밀었다. 아저씨가 들어오라는 손짓을 했다.

헐! 방의 임자가 책이었다. 책이 무더기로 쌓여 있고 아저씨가 소설을 쓰는 책상만이 책 허락을 받고 옹색하게 놓인 듯한 공간이다. 서재에 정식으로 들어온 건 처음이었다. 엄마가 청소할 때 지나가며 본 적은 있었지만.

아저씨는 간이침대를 손으로 가리켰다. 소설을 쓰다가 피곤하면 누워 쉬는 침대다.

나는 다이어리를 아저씨 책상에 놓았다. 아저씨가 다이어리를 손으로 넘기며 나를 쳐다봤다. 무슨 일이냐는 무언의 질문이었다.

"저기요."

이번에는 내가 아저씨를 부르는 호칭이 아닌 뜸 들이는 말이었다.

"으응."

아저씨 미소에 용기가 생겼다. 어린애 같은 미소에 내 편 같은 묘한 동질감이 느껴졌다.

"8월 10일 것 한 번 읽어 보세요."

아저씨가 말없이 찾아서 읽기 시작했다.

"별 이상한 점 없는데?"

"거기 저……."

생리라는 말을 아저씨 앞에서 말하기가 쑥스러웠다.

자꾸 망설이는 나에게 아저씨가 고갯짓했다. 어서 말하라는 사인이다. 아저씨는 작가다. 이런 말쯤은 아무것도 아닐 거라는 생각에 용기를 냈다.

"거기, 생리일이요."

"왜? 그게 어때서?"

아저씨가 손바닥을 펴 위로 올리며 어깨를 으쓱했다. 그 모습이 초딩처럼 귀여워 보였다. 픽 웃음이 나왔다. 아저씨에게 처음 보이는 웃음이라 생각하니 다시 웃음이 나왔다.

"그게요. 수지와 제 생리일이 신기하게 같은 날이거든요."

눈 딱 감고 말해 버렸다.

아저씨가 계속하라는 턱짓을 보냈다.

"그 날짜가 거짓이에요."

"확실해?"

나는 고개를 힘차게 여러 번 끄덕였다.

"네. 그날 우리 모두 제주도 곽지 해수욕장에 있었잖아요?"

"맞아. 그랬었지. 나도 기억나. 그 맑은 물, 미역, 수영, 엄청 즐

거워했던 것도."

아저씨가 눈을 가늘게 떴다. 바다를 생각하는 눈빛 같았다.

"그니까요."

나는 민서, 가연, 다희 세 아이가 나오는 일기를 손가락으로 가리켰다.

"세 아이에 관한 일기 여섯 곳이 모두 거짓이에요."

나는 거짓인 여섯 군데가 왜 거짓인지 자세하게 설명했다. 느낌표(!)도 손가락으로 가리켰다.

"이것들을 증거라고 할 수 있을까요?"

나는 손가락으로 수지 일기장을 문질렀다.

"거짓 생리에 찍힌 느낌표(!)가 거짓을 밝히는 열쇠? 그다음 세 아이에 관한 일기에도 느낌표(!)로 가해자를 밝혔다고? 느낌표(!) 6개가 가리키는 가해자?"

아저씨는 내가 지적한 곳을 읽었다. 아저씨는 고개를 갸웃거리며 꼼꼼하게 메모하며 읽었다. 한참 뒤 아저씨가 고개를 끄덕였다.

"말 된다. 이거 퍼즐 맞아."

추리 작가인 아저씨가 내 추리를 긍정하고 있다. 펄쩍 뛸 듯 반가웠다.

“그죠? 그죠?”

나는 턱을 두 번 치켜세우며 말했다. 말해 놓고 나니 얼굴이 화끈했다. 함께 살게 되어 불편하다고 투덜댔었는데. ‘저기요’ 아저씨에게 친한 척이라니? 애교로 보였으면 어떡하지?

1년을 살면서 처음으로 아저씨가 멋있다는 생각을 했다. 수지 일기 때문에 머리를 맞대고 대화를 나누는 우리가 신기했다.

“서재 문이 열렸네. 일어났어요?”

현관에서 엄마 목소리가 들렸다. 엄마가 무거운 시장 가방을 들고 있었다.

“어쩐 일이에요? 둘이 나만 빼놓고…….”

방문 앞에 선 엄마가 눈을 크게 떴다. 1년 만에 둘이 함께 있는 모습은 처음이었기 때문이다.

“그 애 일기장에서 뭔가 단서를 찾은 것 같아서.”

아저씨가 싱긋 웃었다. 아저씨 미소가 보기 좋다는 생각을 했다. 우리 아빠도 저런 미소를 지었을까? 나는 아빠란 말도 생소하다. 아빠에 대한 기억이 아무것도 없으니까.

“두 분께서 오랜만에 대화를 나눈 기념으로 특별식을 준비해야겠네."

엄마가 콧노래를 흥얼거리며 주방으로 들어갔다. 엄마도 기쁠 것이다. 세상에서 가장 사랑하는 두 사람이 서로 친해지려는 기미를 보이고 있으니 말이다.

수지 일기의 비밀을 밝혀낸 가슴이 쿵쿵 소리를 냈다.

"겉으로 밝혀진 건 아무것도 없어요. 증거를 찾아야 해요."

가슴은 계속 벌렁거렸다.

"유하야. 나는 네가 발견한 수지 생각이 일리 있다고 생각해. 하지만 너무 서두르지 않는 게 중요해. 아무 증거도 남기지 않는 무서운 애들 같아서. 좀 더 생각해 보자. 내가 도울 일이 있으면 언제든 환영이야."

아저씨가 든든한 지원군 같아 안심되었다.

완성된 퍼즐

아침 햇살이 유리창을 뚫고 들어왔다. 방안이 환하게 밝아졌다. 내 마음까지도 환해졌다. 수지가 못 볼 햇살이라는 생각에 가슴이 뻐근했다. 수지가 보고 싶었다. 목소리라도 듣고 싶었다. 나도 모르게 전화기 버튼을 눌렀다.

"전원이 꺼져 있습니다."

친절한 젊은 여자 목소리가 흘러나왔다.

떠난 수지가 전화를 받을 리가 없다. 나는 조용히 폰을 내려놓았다. 아직 "없는 전화번호입니다."라는 말이 나오지 않아 다행이라 생각하기로 했다. 수지 전화번호가 살아 있다는 것만도 어쩐지 고마웠다.

나는 다이어리를 챙겨 가방에 넣었다.

복도에서 가연이를 만났다.

"안녕?"

가연이가 먼저 인사했다.

"응, 안녕."

마음은 가해자일 거라는 의심이 가득한데, 내 입은 친절한 인사말을 내뱉고 있었다. 어제 찾아낸 퍼즐이 진짜가 아닌지도 모른다는 생각이 스멀스멀 기어 올라왔다.

민서는 여전히 책을 펴고 앉았다. 등이 꼿꼿했다. 나는 내 자리에 털썩 주저앉았다. 다희를 눈으로 찾았다. 다희는 짝과 수군거리고 있었다. 활짝 웃는 모습이 수지와는 전혀 관련이 없는 애 같았다. 정말이라면 저 애들이 저럴 수 없을 것이다. 뭔가 확실한 증거가 필요하다. 내 의심을 잠재울 확실한 증거가.

오늘따라 수업은 지루하기만 했다. 눈이 자꾸만 벽시계 쪽으로 갔다. 창밖 햇살은 여전히 눈부셨다. 오후가 되면서 하늘이 흐려졌다. 언제 햇살이 눈부셨나 싶었다. 빗방울까지 간간이 떨어졌다.

수업이 끝나갈 무렵이었다.

– 시간 있니?

영모 톡이었다.

– 웬일?

– 사과의 의미로 수지가 떠난 호수에 같이 가 볼래? 이따 끝나고 후문에서 만나.

영모가 보낸 톡을 멍하니 바라봤다.

나는 수지가 떠난 뒤 영모를 멀리했다. 수지에게 미안해서 더 멀리했는지도 모른다. 수지 생각이 너무 지나치다고 군소리하는 영모가 밉기도 했다.

비가 오니 비를 좋아했던 수지가 더 생각나는 오늘이다. 수지가 떠난 뒤 호수에 가 보고 싶었다. 그러나 용기가 나지 않았다. 영모가 같이 가 준다고 하자 당장 가 보고 싶었다.

비는 계속 내렸다. 유리창에 부딪히는 빗방울을 바라보느라 샘들 목소리는 귀에 들어오지 않았다. 수업 끝 종소리는 귀에 들어왔다.

"은재야, 영모가 호수에 가 보재. 같이 갈래? 그동안 무서워서 못 가 봤어."

은재가 잠시 망설이더니 고개를 끄덕였다. 나는 사물함 속 우산을 꺼냈다.

은재와 우산을 쓰고 후문 쪽으로 걸었다. 영모가 먼저 와서 기다리고 있었다. 영모가 앞장서 걸었다. 5분쯤 걷자 호수가 나왔다. 수지와 같이 걷던 길이다. 호수에는 사람들이 제법 많았다. 같은 우산을 쓰고 팔을 끼고 걷는 사람. 그 사람들을 보며 수지 생각이 났다. 우리도 그렇게 걸었던 때가 있었다. 바로 석 달 전까지.

"유하야, 미안. 네게 수지가 일기장 남겼다는 말, 너희 반 애에게 들었어. 네가 많이 힘들었을 텐데. 몰랐어. 수지 이야기만 하는 너를 이해 못 했어."

영모 말이 수지 생각을 멈추게 했다. 사과하는 영모를 보며 고개를 끄덕여 줬다. 은재는 말없이 호수를 바라봤다.

우리는 천천히 호숫가를 걸었다. 수지가 물에 뛰어든 곳은 어디쯤일까? 갑자기 무서워졌다. 수지 손이 물속에서 나와 내 발을 잡아 끌어갈 것만 같았다. 바라보는 것만도 무서운데 수지는 얼마나 무서웠을까?

새로움을 두려워했던 수지. 죽음이라는 그 무서운 낭떠러지에 발을 내디딘 수지. 그런 수지 말을 들어 줄 기회를 놓친 내가 싫었다. 그때 영모 대신 수지를 만났더라면. 수지를 살릴 수 있었을까? 수지가 살아 있다면, 지금 비 내리는 이 호숫가를 함께 걸을 수 있을텐데. 멍하니 호수를 바라봤다.

영모가 가방에서 종이에 싼 하얀 국화꽃 한 송이를 꺼냈다. 꽃잎이 떨어지고 줄기가 부러진 걸로 봐서 아침에 준비해서 등교한 것 같았다.

영모가 꽃을 내밀었다.

나는 말없이 받았다. 은재랑 물가에 앉아 꽃잎을 하나씩 따서 물 위에 놓았다. 꽃잎이 천천히 호수 가운데 쪽으로 떠밀려 갔다. 멀어져 가는 꽃잎을 오래도록 바라봤다.

"남은 자들 고통을 수지 넌 모르겠지? 너 절대로 용서 못 해!"

"나도."

은재와 내 목소리가 빗소리에 잦아들었다.

빗줄기가 더 거세졌다.

하얀 꽃잎은 저 멀리 사라져 갔다.

"할 말이 있어. 수지 일이야. 아무에게도 말하지 마. 꼭 비밀 지켜 줘."

은재와 영모 눈이 궁금증으로 빛났다. 우린 호수 위에 있는 정자에 자리를 잡았다.

"수지가 떠나기 전으로 돌아갈 수 있다면 얼마나 좋을까? 늘 생각하곤 해."

말을 마친 은재가 내 손을 꽉 잡았다.

은재도 나와 똑같은 생각을 하고 있었구나. 나도 은재가 잡은 손에 힘을 주었다.

"어서 용건부터 말해. 나 학원 갈 시간이 얼마 안 남았는데."

영모가 시계를 봤다.

나는 가방에서 다이어리를 꺼냈다. 은재와 영모가 내 옆으로 다가와 앉았다.

"어? 수지 다이어리?"

은재가 눈을 동그랗게 떴다.

"어제는 비밀의 열쇠를 찾았다고 좋아했어. 학교에 와서 그 애들을 보니 아니야. 내 생각이 틀린 것 같아."

나는 조용히 말했다.

"뭔데? 뭐야?"

은재가 서둘렀다.

"범인 이름을 알아내기라고 했니?"

영모, 은재 동공이 커다랗게 벌어진 채 움직임이 없었다.

그동안 비밀을 풀었던 이야기를 했다. 땅콩 알러지, 머릿속 둥근 흉터, 거짓말 생리일, 세 애의 거짓 만남, 느낌표(!)까지.

은재가 입을 크게 벌렸다.

"그러니까 이 세 명이 가해자?"

"말 된다."

영모와 은재 눈이 반짝 빛났다.

"뚜렷한 증거는 없어. 그냥 심증일 뿐이야. 이제부터 그 증거를 찾아야 해. 너희들 의견을 듣고 싶어. 내 생각이 맞는지."

은재와 영모가 고개를 크게 끄덕였다.

"다시 읽어 봐도 완전 멋진 퍼즐이야."

"진짜 증거 맞아. 수지가 남긴 증거."

"그치? 그치?"

은재와 영모가 내 의심을 확신으로 바꿔 줬다.

"믿는 도끼에 발등 찍힌다. 그 말이 딱 맞네."

은재가 한참 만에 입을 열었다.

"도끼는 원래 위험하고 무서운 거잖아?"

영모의 엉뚱한 말에 은재가 눈을 흘겼다.

"박민서 전교 1등이잖아? 캐릭터가 안 맞는데?"

영모도 학원 갈 생각은 잊은 듯 빠져들었다.

"전교 1등은 그런 짓 하면 안 돼? 그런 생각을 편견이라고 하는 거야."

은재가 퉁을 줬다.

"수지는 왜 사실을 말 못 하고 죽음을 선택했을까?"

영모가 얼른 말머리를 돌렸다.

"그니까 수지를 이해할 수가 없어. 왜 그랬을까?"

은재도 영모 말에 고개를 끄덕였다.

"말 못 할 이유가 있었겠지? 그걸 밝히려고 해. 도와줄 거지?"

나는 둘을 번갈아 바라봤다.

은재와 영모 눈이 반짝였다.

"콜!"

"콜!"

은재와 영모가 동시에 말했다.

"어떻게 증거를 잡지?"

영모가 걱정스러운 표정을 지었다.

"그럼, 우리가 할 일은?"

은재가 입술을 앙다물었다.

"지금부터 의논해 보자."

내 말에 은재와 영모가 고개를 끄덕였다.

"심리적 압박을 주면 어떨까? 자신들 입으로 범행을 실토하게 만드는 거야."

"어떻게?"

"나, 배우가 꿈인 것 알지? 심리적 압박은 내게 맡겨. 수지를 사고 나기 전으로 데려올 수는 없지만, 수지 원수는 갚아 줄 거야."

영모 말에 내가 묻고 은재가 답했다.

"못 견딘 그들이 모여서 뭔가 단서가 되는 말을 하지 않을까? 그때 동영상을 찍으면 어떨까?"

"콜!"

"좋은 생각!"

은재 말에 영모와 내가 대답했다.

"그럼, 나는?"

영모가 기대에 찬 목소리로 물었다.

"영악한 애들이야. 수지 폭행의 아무런 증거도 안 남겼잖아? 넌 우리 보디가드."

"오케이 바리. 나 이래 봬도 태권도 유단자인 것 알지? 지금 주짓수도 배우고 있거든."

영모 목소리는 내내 호기심과 자신감이 넘쳤다.

영모는 알통을 만들 듯 주먹을 꽉 쥐어 보였다. 얼굴까지 발그레 물들었다. 그런 영모가 믿음직했다.

내가 손을 내밀었다. 은재와 영모가 내 손 위에 자기들 손을 얹었다.

"파이팅! 수지를 위하여!"

우리 고함이 호수 위로 퍼져나갔다.

"모든 연락은 단톡으로만 연락하자. 서로 친한 척도 하지 말고."

은재가 야무지게 말했다.

영모가 서둘러 단톡방을 만들었다.

'홈즈 탐정단'

"유치해."

은재가 반대했다.

"내 생각엔 딱인데?"

영모가 물러서지 않았다.

"그게 뭐 그리 중요하냐? 수지도 없는 지금."

내 말에 은재가 고개를 끄덕였다.

수지란 이름은 감추기로 했다. '그 친구'란 은어를 쓰기로 했다.

"그런데 왜 이런 어려운 퍼즐을 남겼을까? 그냥 세 아이 이름 적고 애들이 괴롭혀 나 떠나요. 유서를 쓰지."

영모가 고개를 갸웃거렸다.

"그럼, 세상에 흔하디흔한 여중생 자살 사건이 되고 말았을걸. 역시 작가가 꿈인 수지다워."

은재가 결론을 내렸다.

"어쩜 철저하게 원수를 갚아 달라는 뜻이 아닐까?"

영모가 고개를 갸웃거렸다.

우린 한참을 호수의 빗방울만 바라봤다.

톡이 왔다.

- 두 공주님의 보디가드, 소인 문안드리오. 그 친구와 공주님들을 위
  하여 이 한 몸 바치겠나이다.

영모였다.

입술은 웃으면서도 은재 눈꼬리에는 눈물방울이 매달려 있었다. 나도 주먹으로 눈가를 닦았다.

"걱정하지 마. 수지 계획대로 잘될 거야."

영모가 우리를 위로했다.

"나쁜 계집애. 홍수지, 평생 너를 용서 안 할 거야."

"나도. 절대로."

내 말에 은재가 맞장구를 쳤다.

"수지, 네가 없어도 지구는 돌고 있어. 억울하지 않냐?"

나는 곁에 수지가 있기라도 하듯 호수를 바라보며 말했다.

수지의 폰

“잘되고 있니?”

아저씨 말에 가슴이 뛰었다.

“네. 아저씨 응원이 도움이 컸어요.”

수지 다이어리를 갖고 아저씨와 대화를 나누면서 호칭이 바뀌었다. ‘저기요’보다는 아저씨란 호칭이 자연스럽게 입에서 나왔다. 그게 더 괜찮다는 생각도 했다.

다이어리를 매개로 뭉친 우리 가족은 함께 식탁에 앉았다. 오랜만에 같이하는 식사 자리가 어색하지 않았다. 밤늦게까지 원고를 썼을 텐데 아저씨가 식탁에 앉았다. 엄마가 굴비 살을 발라 아저씨와 내 밥그릇에 번갈아 올려 주었다. 엄마 손길이 춤추듯 움직였다. 볼에는 '행복'이라는 미소가 자리 잡고 있었다. 수지가 떠난 뒤 처음으로 밥그릇을 비웠다. 떠난 수지에게 미안해서 얼른 수저를 놓았다.

탐정단과 함께할 생각에 힘이 났다. 모처럼 힘차게 팔을 흔들며 걸었다. 교실 문을 열었다. 맨 먼저 세 애를 찾았다. 빈자리만 보였다. 다른 애들 자리도 비어 있었다. 다음 눈에 들어오는 건 은재였다. 은재 옆에 애들이 모여 있었다. 그 속에 세 애도 보였다. 반 애들은 모두 은재 이야기를 집중해서 듣고 있었다.

"수지가 젖은 옷을 입고 떨고 있었어, 옷에서 물이 뚝뚝 떨어지더라. 너무 추워 보였어. 아마 그곳이 너무 무서운 것 같았어. 얼굴엔 공포의 빛이 뚜렷했어. 그때 무서운 얼굴을 한 자들이 몰려왔어. 몸부림치는 수지를 억지로 끌고 가는 거야."

애들 얼굴에도 공포가 묻어나고 있었다.

"수지야! 안 돼! 나는 고함을 쳤어. 그런데 소리가 나오지 않았어. 그냥 몸부림만 쳤어."

은재는 그때 고통을 표현하려 목을 움켜쥐었다.

"누군가 나를 흔들었어. 지금도 떨리는 것 봐. 엄마가 나를 깨우지 않았으면? 으윽!"

"어머, 은재 지금도 떨고 있어. 팔뚝에 소름 돋은 것 봐."

누군가 말했다.

정말 은재 손이 부들부들 떨고 있었다. 팔뚝 소름까지 대단했다. 연기는 그렇다 치고 어떻게 소름까지 돋게 만들 수 있을까? 과연 배우가 되고도 남을 은재 명연기였다. '명배우 인정!'이라고 말하고 싶은 걸 꿀꺽 삼켰다.

"수지가 아무 말도 안 했어?"

뒷자리 건우가 물었다.

"아무 말도 없었어. 눈물만 흘리고 있었어. 그렇게 떠난 걸 엄청 후회하는 눈빛이었어. 수지가 너무 불쌍해. 죽기 전으로 되돌릴 수만 있다면 나는 뭐든지 할 것 같아. 수지가 살아올 수만 있다면."

은재가 눈물을 흘렸다. 은재를 따라 눈물을 흘리는 아이도 있었다. 은재 얼굴이 온통 눈물로 얼룩졌다. 누군가 화장지를 건넸다. 은재는 큰 소리로 코를 풀고 자리에서 일어섰다.

'와, 저 신파. 은재 너는 정말 배우 되고도 남겠다. 인정.'

나는 가해자들을 슬쩍 쳐다봤다. 가연이 얼굴이 파랗게 질려 눈물이 흐르고 있었다. 민서, 다희는 다른 애들과 별 차이 없이 굳은 표정이었다.

'내 생각이 진짜 맞는 걸까? 저렇게 아무 변화도 없는데.'

다시 의심이 가슴을 차고 올라왔다. 자신감도 사라져 갔다.

가연이를 보면 수지가 다이어리에 남긴 사인이 맞을 것도 같았다. 아니다. 마음 약한 가연이니까 울 수 있을 것이다.

느낌표(!) 하나로 그들을 가해자로 확정하기엔 증거가 너무 약했다. 미쳤다는 말을 듣기에 딱 좋을 것이다. 땅콩 알러지, 머릿속 흉터 등은 수지가 없는 지금 아무런 도움이 될 수 없다. 증거라고 할 수도 없다. 나만 알고 있는 증거일 뿐이다.

은재는 눈이 빨개진 채 교실을 뛰쳐나갔다. 따라가고 싶었지만, 꾹 참았다.

"어머, 어머, 어떡하니?"

"무서워. 내 꿈에도 나타나면 어떡해."

애들이 수군거렸다.

"다음 꿈엔 범인 이름을 말할지도 몰라."

"제발 그랬음 좋겠다."

"누가 수지를 죽게 만들었을까? 꿈에서라도 말해 주지 않을까?"

애들 상상력은 날개를 달았다.

조금 있다가 세수한 듯 머리에 물이 묻은 은재가 들어왔다.

"떠날 거면서 이런 선물은 왜 해서……."

은재가 파우치에서 틴트를 꺼내며 다시 울먹였다. 애들이 다시 은재 곁으로 몰려들었다. 은재 볼 위에 눈물이 방울방울 미끄럼을 탔다. 그건 연기가 아니었다. 은재 아픔이었다. 은재 뒤 건우도 눈가가 빨개지며 밖으로 나가 버렸다.

- 지난번과 같은 시간에 거기에서 만나자.

톡이 왔다. 은재였다. 은재 쪽으로 고개를 돌리려다 가연이를 바라봤다.

속마음을 짐작 못 하게 멍한 표정이었다. 민서는 다른 때처럼 책에 시선을 고정하고 있었다. 내가 믿고 진행하는 일이 정말일까? 느낌표에 너무 지나친 의미를 부여한 것은 아닐까? 그러니까 조사해 보면 되는 거지. 아랫배에 힘을 꾹 주었다. 그때 나는 보았다. 교실에 들어오던 민서가 다연이를 바라보는 눈빛을. 뭔가 할 말이 있는 것 같은 눈빛이었다. 이것도 내 지나친 생각일지도 모른다. 오늘도 하교 시간까지는 너무도 지루했다.

호수 위 정자에는 사람들이 많았다. 주위에 사람이 없는 빈 벤치에 앉았다.

"뭔가 진전이 있냐?"

영모가 물었다.

"대박! 은재 연기 죽여줬어. 눈물이 줄줄. 애들도 따라서 울고 난리도 아니었다니까. 대단한 명연기. 인정. 수지 꿈을 꾸었다는 설정도 그럴듯했고. 엄청난 신파 연기였어. 나도 막 눈물이 흐르더라. 영모야 우리 미래 톱스타 사인 미리 받아 놓을까? 팔의 소름에 나도 소름 끼치더라니까."

나는 리액션을 제대로 살렸지만, 목이 메어 말을 멈춰야 했다.

"와. 벌써 우리 홈즈 탐정단의 활동이 시작되었구나."

영모가 손뼉을 쳤다.

"은재야. 팔뚝의 소름까지? 몰입?"

영모 말에도 은재는 말이 없었다. 호수만 멍하니 바라봤다.

"말해 봐. 어떻게 그렇게 실감 나게 연기할 수 있었는지. 너 봤지? 봤지? 애들이 널 따라서 울고불고 완전 난리였다니까. 속 시원하지 않았냐?"

나는 일부러 호들갑을 떨었다. 아니면 다시 눈물이 날 것 같아서였다. 은재는 그래도 반응이 없었다.

"아직도 연기에서 빠져나오지 못한 거야?"

내가 은재 팔을 흔들었다.

"연기? 아니야."

은재가 손으로 얼굴을 가렸다.

"그럼 아까 그 연기는 뭔데?"

"진짜 꿈을 꿨어. 자꾸 수지 생각했더니 꿈까지 꿨어."

이번엔 내 입이 닫혔다.

"수지 떠나기 전으로 돌아갈 수 있다면."

은재가 호수를 멍하니 바라봤다. 눈에 눈물이 그렁그렁했다.

"수지야, 왜 그랬어? 조금만 참지 그랬어? 너도 지금 후회하고 있지?"

"수지야, 보고 싶어."

나와 은재는 호수에 수지가 있는 것처럼 말했다.

비를 좋아했던 수지. 그러나 이젠 그 비를 볼 수 없는 수지다.

"그 애들의 표정을 영모 너도 봤어야 하는데."

나는 분위기를 바꾸었다.

"너희들 말만 들어도 상상이 간다."

"앞으로 우리가 할 일은……."

우리는 홈즈 탐정이 되어 의견들을 내놓았다.

우리 계획대로라면 그들은 셋이 비밀 모임을 해야 했다. 그러나 하루가 지났는데도 아무 움직임이 없었다.

다음 날 탐정단이 다시 모였다.

"그 애들 보통이 아냐. 왜 안 움직이지?"

"다른 데서 모이려고 그럴까?"

"그냥 꿈 이야기에 우리 기대가 너무 큰 것 같아. 그 애들은 무서운 애들이잖아."

"어떻게 하지?"

"다른 방법이 필요해."

"무슨 방법?"

우리는 머리를 싸매고 생각했다.

가해자를 알아냈다. 응징할 방법은 뭐가 있을까? 아무 증거도 남기지 않는 무서운 그 애들을 어떻게 해야 할지 머릿속이 캄캄했다. 가해자를 알려 준 수지를 생각하면 이대로 있어서는 안 될 것 같았다. 말없이 앉은 영모를 바라보며 정신이 번쩍 들었다.

해킹! 해킹! 그거야! 머릿속에 벼락이라도 맞은 듯 소름이 끼쳤다. 누군가 계속 그게 답이라고 속삭이는 것 같았다. 수지가 떠난 날 나는 해킹 대회 준비로 정신이 없었다. 그래서 수지에게 더 미안했는데, 그 해킹으로 그 애들 범죄를 밝힐 수도 있겠다는 생각! 맞아! 그렇게 하자. 나는 은재 손을 꽉 움켜잡았다.

"유하야, 너 왜 그래? 좋은 생각 있어?"

은재가 내 손을 잡고 흔들었다.

"그 애들 톡을 해킹해 보면 어떨까?"

나는 조용히 말했다.

"괜찮을까?"

은재가 고개를 갸웃했다.

"뭔 일이야 나겠어? 아님 각오하고 덤벼야지."

그때까지 가만히 있던 영모가 벌떡 일어섰다. 얼굴이 파랗게 질린 채였다.

나도 마음 한쪽은 찜찜했던 터였다. 실제 해킹은 범죄라는 대회장의 말이 자꾸 머릿속을 헤엄쳐 다녔기 때문이다.

"모의 아닌 실제 해킹을 한다고? 실제 해킹은 범죄라고 귀에 못이 박히게 들었잖아? 강유하. 우리는 모의 해킹을 배운 거야.

안 돼. 모의 대회라고 모,의."

영모가 끝말을 똑똑 끊어 크게 말했다.

범죄를 밝히기 위해 내가 해야 하는 일. 그게 범죄다. 내가 범죄자가 되는 것이다.

시간은 자꾸 흘러갔다.

"그래도 할 거야. 내가 해킹 공부를 한 것은 이때를 위함이 아닐까? 범죄를 저질렀다고 벌을 받으라면 수지를 위해 벌 받을 거야."

범죄가 더 이상 무섭지 않았다.

"이건 범죄가 아니야. 범죄 예방이지. 그 애들 그대로 두면 또 다른 폭력을 실행할 거야. 우리가 막아 줘야 한다니까. 이건 살인이야. 수지는 살해당한 거야. 그 애들은 아무 일 없는 듯 버젓이 학교 잘 다니고 말이야."

확신에 찬 내 말에도 영모는 고개를 저었다.

"우린 지금 범죄 모의를 하는 거라고. 모의 해킹을 공부한 학생들이 범죄 모의라니?"

영모가 내 말을 잘랐다.

"또 다른 살인 예방일 수도 있잖아?"

은재가 내 말에 동조했다.

“해킹할 거야. 나 말리지 마.”

내 말에 영모 눈빛이 흔들렸다.

“좀 더 고민해 보면 안 될까? 좀 더 기다려 보자.”

영모가 사정했다.

나는 폰을 꺼냈다. 손이 자꾸 떨렸다. 침을 꼴깍 삼키고 입을 앙다물었다. 모의 해킹을 공부할 때를 생각하며 폰을 열었다. 뭔가 이상했다. 아무것도 할 수 없었다. 머릿속이 텅 빈 듯 내 뜻대로 되지 않았다. 손가락이 벌벌 떠는 내 앞에 영모가 결심한 듯 손을 내밀었다.

“뭘?”

“우리 모의 폰 해킹은 안 해 봤잖아. 그래도 해 보자. 그 애들 번호 줘. 너보다는 내가 잘할 것 같아.”

“조언만 해 줘. 내가 할 거야.”

영모는 손을 그대로 내밀고 있었다. 영모 고집을 꺾을 수 없겠다는 감이 왔다.

나는 수지와 세 아이 폰 번호와 내 폰을 내밀었다.

“왜 네 폰을?”

"혹시나 발각될 경우 내가 벌 받으려고."

내 말에 영모가 씩 웃었다. 내 폰을 건네주고 자기 폰을 호주머니에서 꺼냈다.

"내 걸로 해. 그래야 내 마음이 편해."

"나도 내 폰으로 해야 마음이 편해."

영모가 내 말을 그대로 따라 했다. 셋이서 함께 웃고 말았다.

"어떻게 해?"

영모가 폰을 손에 들고 물었다.

"그냥 단톡 있는가 확인해 봐. 거기에 '너희들이 수지에게 한 일을 알고 있다'고만 써."

내가 간단하게 말했다.

"허 참, 스마트폰 해킹을 내가 하다니. 이건 명백한 범죄야."

영모 얼굴이 편치 않았다.

"아니야. 범죄 예방이라니까."

나와 은재가 동시에 말했다. 영모가 폰을 들고 한참을 이리저리 손가락을 움직였다.

"모의 해킹과 진짜 해킹은 다른 것 같아."

영모는 뜻대로 안 되는지 고개를 저었다. 시간이 지나가는데도 영모는 방법을 찾지 못한 것 같았다.

"안 돼. 특별한 어플을 깔아야 해. 모의와 실전은 많이 달라."

한참 후 영모가 딱딱한 목소리로 말했다.

나는 폰을 건네받았다.

"영모, 너무 쫄지 마. 어쩜 10년 후쯤, 우리나라 해킹 천재 이아무개 아저씨처럼 세계적인 해커가 될 수도 있잖아. 애국자. 해커 최영모."

은재가 영모를 위로했다.

"이대로 가만있어야 해? 그 애들을 눈앞에 두고서도 증거가 없어서 이대로 있어야 하냐고?"

은재가 벌떡 일어났다. 나는 말없이 휴대폰을 만지다가 수지 번호를 눌렀다.

"전원이 꺼져 있습니다."

안내 말이 나왔다.

나는 고개를 번쩍 들었다.

"해킹 말고 수지 전화로 톡을 보내자. 수지 폰 아직 해지하지 않았어."

내 말에 은재가 벌떡 일어섰다.

"유하야, 가자. 수지 고모 집으로. 영모야, 우리 먼저 갈게."

은재 말에 나도 벌떡 일어섰다. 학교 앞에서 급하게 택시를 탔다. 택시 안에서 은재와 나는 비상금을 탈탈 털었다. 수지 고모네 아파트는 한 번 가 봤지만 어렵지 않게 찾을 수 있었다.

집에는 수지 언니와 오빠만 있었다. 고모는 아직 퇴근 전이었다.

"안녕하세요? 수지 친구 유하예요."

"강유하? 사진과 똑같구나. 수지가 유하 이야기 많이 했어."

언니 눈에 금방 물기가 어렸다.

나는 말 대신 수지 일기장을 내밀었다. 일기장을 살핀 언니 얼굴이 파랗게 질렸다.

"왜? 유하가 이것을?"

"언니, 수지가 떠난 뒤 택배로 받았어요. 수지는 이 일기장에 수지를 괴롭힌 범인 이름을 감춰 놓았어요. 그런데 그 애들은 꿈쩍도 안 해요. 증거를 잡으려면 수지 폰이 필요해요."

"그렇게 무서운 애들이니까 수지가 말 한마디 못 하고 떠났나 보다."

언니가 허둥지둥 방으로 들어갔다. 금방 수지 폰을 갖고 나왔다.

"누나. 이래도 괜찮을까?"

동생이 말렸다. 언니는 서둘러 폰을 내 손에 건넸다.

"수지가 일기장을 왜 유하에게 보냈겠니? 범인을 잡아 달라는 뜻이었겠지. 폰을 해지하자 해도 엄마가 고집을 부리더니 이렇게 쓰이네. 엄마에겐 비밀로 하자."

누나 말에 동생도 고개를 끄덕였다.

나는 일기장을 건네받고 그 집을 나섰다. 수지 폰을 손바닥이 아프도록 움켜쥔 채였다.

동영상

은재와 함께 수지네 아파트 놀이터에 앉아 전원을 켰다. 가장 먼저 세 아이와의 단톡방이 있는지부터 살폈다. 있었다. 나는 모르는 그들만의 단톡방이다. 수지는 왜 이것도 내게 숨겼을까? 단톡방에는 특별한 말이 없었다. 그냥 여중생들 수다 정도였다.

"완전 무서운 애들이야."

"맞아. 아무 낌새도 없어."

은재와 내 손이 떨렸다.

"내일 학교에서 톡을 보내자."

"맞아. 지금 보내면 밖에서 만날 거야."

은재와 머리를 맞대고 의논했다.

집에 돌아와서도 수지 폰을 만지며 손가락이 간질거렸다. 꾹 참았다. 밤새 잠이 오지 않았다. 다음 날 4교시가 끝나자마자 그들 단톡방에 톡을 보냈다.

– 너희들이 나에게 한 일이 곧 밝혀질 거야. 기대해. 수지가.

그냥 그렇게만 썼다. 붉은 글씨로 크게 썼다. 해골 이모티콘도 넣었다. 영모에게 그들을 감시하라 해 놓고 식당으로 갔다.

– 셋이서 체육관 쪽으로 가고 있음.

영모였다. 단톡방에 톡을 보낸 지 10분 후였다. 은재도 톡을 봤는지 식판을 들고 벌떡 일어섰다. 나도 따라서 잔반통 쪽으로 갔다. 입도 대지 않은 음식을 잔반통에 버렸다. 영양사 샘이 우리 쪽으로 급히 다가오는 게 보였다. 우린 냅다 뛰었다. 급식실을 빠져나와 체육관 쪽으로 뛰었다. 체육관 부근엔 아무도 없었다. 점심시간이기 때문이다.

체육관 모퉁이에 영모가 엉거주춤 웅크리고 서 있었다. 영모가 손가락으로 가리킨 체육관 안쪽에 셋이 있었다. 어두컴컴한 체육관에 그들 셋만 있었다. 은재와 나는 동영상을 켜고 높이 쌓인 매트 뒤에 몸을 숨겼다.

'제발 말해라. 제발. 증거가 될 말을 녹음하게.'

마음속으로 빌었다.

"야 이놈들아, 급식 시간에 밥 안 먹고 여긴 뭔 일들이야?"

엉뚱한 말이 녹음되고 있었다. 중간에 초를 친 사람은 배구 코치였다.

코치를 향해 주먹을 들어 보이고 더 깊이 몸을 숙였다.

셋은 말없이 체육관을 빠져나갔다. 코치도 나간 체육관에는 은재와 내 숨소리만 들렸다. 핸드폰을 챙기는 은재 손이 떨리는 게 보였다.

잠시 뒤 영모가 들어와 두 팔로 X 표를 만들어 보였다. 우린 말없이 고개를 끄덕였다.

"어서 가서 밥 먹어."

영모에게 말한 뒤, 은재와 후원을 찾았다. 언젠가 수지랑 찾았던 곳이다.

"실망하지 말자. 이제 시작이잖아."

은재가 내 손을 토닥였다.

“내 말이. 너나 실망하지 마.”

배에서 꼬르륵 소리가 났지만, 밥 생각은 없었다.

점심시간 내내 그곳을 떠나지 않았다.

은재와 나는 큰 나무 뒤에 숨어 그들이 체육관에 다시 숨어들길 기도했다. 남 눈에 띄지 않을 장소는 흔치 않았다. 그들도 조바심에 몸이 닳을 것이다.

“오늘 안으로 당장 만나고 싶을 거야. 자기들 때문에 수지가 죽었고 죽은 수지가 톡을 보냈으니 제정신이 아닐걸?”

은재가 소곤거렸다. 학교에서 비밀스럽게 만날 만한 장소는 체육관과 재활용 창고가 딱이었다.

“저기 봐.”

은재가 손가락질했다.

셋이서 체육관 뒤쪽으로 가고 있었다. 누가 먼저랄 것도 없이 뛰었다. 높은 담장과 체육관 벽이 있는 그곳에 셋이 있었다. 그곳은 햇빛이 없어 음침했다. 그러나 이번에도 재수가 없었다. 3학년 오빠들이 건들건들 걸어오고 있었다. 담배라도 피우려는지 주위를 두리번거리며 걸었다. 나는 잽싸게 체육관으로 피했다. 농구공이 담긴 상자 뒤에 몸을 숨겼다.

'제발 너희도 들어와라.'

주문처럼 중얼거리며 그들을 기다렸다. 주문이 잘못된 걸까? 체육관 문을 지나치는 그들이 보였다. 일어서려 했는데 다리가 저렸다. 코끝에 침을 바르며 발을 주물렀다.

그때였다. 문 쪽에 인기척이 느껴졌다. 그들이었다. 내 바람이 통했나 보다. 셋이 체육관으로 들어서고 있었다. 두리번거리며 주위를 살폈다. 나는 체육 기구 틈에 핸드폰을 장치했다. 동영상 불빛이 깜박이는 게 보였다. 은재 핸드폰은 음성이 잘 녹음되게 밀걸레 밑에 넣었다. 그들과 가장 가까운 곳이었다.

"왜 만나자고 지랄이야?"

이제껏 들어 보지 못한 민서 욕설이었다. 민서 모습이 낯설었다.

"불안해. 너무 무서워."

가연이었다.

"너 초딩이냐? 단톡방 발견하고 수지 언니나 오빠가 장난으로 보냈겠지. 없는 수지가 어떻게 톡을 보내냐?"

민서가 차갑게 말했다.

"그래. 당분간 우리 만나지 말자."

다희였다.

"만날 일도 없잖아? 수지도 없는데."

민서였다.

"그래도 자꾸 신경이 쓰여. 은재 꿈도. 택배로 온 다이어리도. 카톡도."

가연이 목소리가 떨렸다.

"다이어리? 우리가 항상 미리 검사했잖아?"

민서는 아무 일도 아니라는 듯 말했다. 소름이 끼쳤다. 어떻게 수지 일기까지 검사했을까?

"그래도, 왜 떠나면서 택배를 보냈을까? 거기에 뭔가 비밀을 써 두었을 것 같아."

가연이 목소리는 겁에 질려 있었다.

"택배로 온 다이어리 은재도 수상한 건 없다고 했잖아."

민서는 말투를 바꿔 타이르듯 말했다.

"그래도 불안해."

가연이가 민서 얼굴 쪽을 바라보며 힘없이 말했다.

"우리가 수지를 죽으라고 물에 밀어 넣었어? 우리가 죽였냐고.

다시는 나 부르지 마."

민서의 차분한 목소리에 등짝이 서늘해졌다.

민서가 체육관 문 쪽으로 걸었다. 다희가 그 뒤를 따라 걸었다.

둘은 울고 있는 가연이를 돌아보지 않고 체육관을 나갔다. 울고 있던 가연이도 일어서서 그들 뒤를 따라갔다. 우리 핸드폰은 그때까지 충실하게 깜박이며 임무를 수행하고 있었다.

- 지금 바로 느티나무 아래서 회의 있음.

은재가 톡을 보냈다.

후원 느티나무 아래 벤치에 앉았다.

"우리 동영상 확인해 보자."

은재와 함께 동영상을 확인했다. 얼굴이 선명하진 않았지만, 누군지는 알아볼 수 있었다. 목소리도 또렷하게 녹음되었다.

은재가 손바닥을 폈다. 내가 그 손에 하이 파이브 했다.

"수지, 보고 있냐? 우리가 이렇게 애쓰고 있는 것. 에고, 내 폰에 완전 썩은 걸레 냄새야."

은재가 하늘에 대고 휴대폰을 흔들었다. 장난스럽게 보였지만 목소리는 잠겨 나왔다.

나는 동영상과 녹음 파일을 아저씨 휴대폰으로 보냈다. 어쩐지 그래야 할 것 같았다. 증거 보관, 든든한 조력자에 대한 예의. 뭐 그런 이유라고나 할까? 또 다른 폰으로 같은 내용을 보냈다. 임 형사에게였다. 두 분에게서는 답이 없었다. 어쩜 처음 보내는 내용이어서 임 형사는 내가 누군 줄 모를 것 같았다.

-강유하입니다. 가해자를 찾았어요.

임 형사에게 설명 문자를 곁들여 보냈다. 아저씨도 아직 동영상을 보지 않고 있었다. 이 동영상은 아저씨에게 내가 보낸 첫 연락이다.

영모가 헐떡거리며 나타났다.

"와! 무섭다. 무서워. 저것들 사람 맞냐?"

동영상을 본 영모 얼굴에 공포가 스쳐 지나갔다.

"어떡할래?"

영모가 물었다.

"담임 샘께 보여 드리려고."

"그 증거들 다른 데 저장해 놓아. 드라마 보면 그러더라."

영모가 말했다.

"이미 두 군데 보내 놨어."

"누구?"

"임 형사와 우리 아저씨."

영모가 엄지척해 보였다.

"이걸 담임 샘께 보이면 어떤 반응을 보이실까? 궁금한데?"

"죽은 제자가 왜 죽었는지는 알 수 있으니 얼마나 놀랄까?

은재 눈이 기대로 반짝였다.

"담임 샘께는 은재랑 나는 가지 않은 게 좋을 것 같아."

영모 말에 모두 고개를 끄덕이고 벌떡 일어섰다.

아직 점심시간이 조금 남아 있었다.

남은 자들의 반응

서둘러 교무실을 향해 걸었다. 걸음을 빨리했다. 잠시라도 멈춰 서면 용기가 사라질 것 같았다.

"샘."

식사 후 커피를 마시고 있던 담임 샘이 나를 쳐다봤다. 수지 사건 후 늘 들떠 있던 화장이 깔끔하게 피부에 스며들어 보기 좋았다.

"드릴 말씀이 있어서요."

"무슨 일인데?"

"샘께만요."

담임 샘이 주위를 한 번 둘러보고 일어섰다. 커피잔을 든 샘이 앞장섰다.

상담실이었다. 상담 샘은 보이지 않았다.

“보여 드릴 동영상이 있는데요.”

순간 담임 샘 얼굴에 긴장하는 기색이 스쳐 지나갔다.

나는 말없이 동영상 재생 버튼을 눌렀다. 핸드폰을 담임 샘이 잘 보시게 돌려놓았다.

담임 샘은 동영상을 보고 나는 담임 샘 얼굴을 봤다.

“지랄이야?”

민서 날카로운 음성에 담임 샘 어깨가 움칫했다. 동영상 속으로 빨려 들어갈 것 같은 담임 샘 얼굴을 지켜봤다. 담임 샘 동영상 보기는 끝났다. 깜짝 놀랄 반응을 기대했다. 분노? 놀람? 그런 반응이 아닐까? 가슴이 뛰었다. 이런 증거 찾아내느라 수고했다는 말도 기대했다. 담임 샘이 세 아이를 혼내 주겠다며 약속해 주실 것을 기대했다.

“언제 찍은 거니?”

의외로 담임 샘 목소리가 담담했다.

“조금 전요.”

“나 혼자 판단할 문제가 아닌 것 같아. 교장 샘께 보고한 뒤 다시 말해 보자. 내 휴대폰으로 전달해 줄래?"

이건 아닌데? 나는 고개를 갸웃거렸다.

"네."

대답하면서도 뭔가 허전했다. 담임 샘 반응이 서운했다. 나처럼 흥분은 안 하더라도 다른 반응을 기대했다. 가해자가 밝혀져 후련해하실 줄 알았다. 나를 격려해 주지는 않을지라도.

담임 샘 폰에 동영상을 전달했다.

"다시 부를 때까지 교실에 있을래?"

담임 샘이 덜 마신 커피잔을 집어 들었다. 샘은 심란한 표정으로 상담실을 나갔다.

담임 샘 표정이 자꾸 신경 쓰였다. 내가 수지 사건에 도움을 주긴커녕 담임 샘께 또 다른 짐을 안겨 준 느낌이었다. 기분이 찜찜했다. 김빠진 콜라를 마신 듯한 기분이었다. 한 편으로는 오기가 가슴속을 차고 올라오는 것이 느껴졌다.

"언제는 샘 도움받았나? 내가 할 거야. 내가 꼭 응징하고 말 거야."

주먹을 꽉 쥐고 교실로 들어갔다. 은재가 궁금한 듯 나를 쳐다봤다. 그래도 은재는 말을 아꼈다. 잘 참아 주었다. 아저씨 전화

번호가 떴다. 얼른 교실을 나섰다. 은재가 뒤따랐다. 아무도 없는 운동장 가에서 전화를 받았다.

"유하 애썼다. 네 생각이 맞았구나. 그 애들이 수지를 괴롭혔어. 장하다."

아저씨는 칭찬부터 했다. 담임 샘 반응에 김이 빠져 있던 내게 기운을 넣어 주는 것 같았다.

"담임 샘께는 보여 드렸니?"

"네. 그런데 별로 좋아하는 눈치가 아니었어요. 제 지레짐작일까요?"

"아, 그래? 자세한 이야기는 이따 집에서 하자."

"네."

"누구야?"

은재가 궁금한 듯 눈을 반짝였다.

"새아빠."

"앞에 '새'는 뭐하게 붙이냐? 떼어 버려. 눈알 돌아가게 바쁜 세상에. 너를 아빠가 '새 딸'이라고 부르면 기분 좋겠냐? 연습해. 입에 착착 감기게. 아빠! 아빠! 계속 연습해 봐."

은재가 내 어깨를 툭 쳤다.

“아 참, 담임 샘이 안 좋아한 눈치? 왜?”

은재는 담임 샘 반응에 의외라는 눈치였다.

“네가 잘못 들은 것 아니지? 어떻게 그런 반응을 보여? 제자가 죽었는데. 그럴 수가 있어? 나 우리 샘 좋아했는데. 생각이 바뀌려 하네.”

은재 숨소리가 가빠졌다.

“떠난 수지도 있지만, 세 아이 앞날도 생각하시겠지?”

내가 오히려 은재를 타일렀다.

“이건 아니지. 혹시 사립 학교라 직장 잘릴까 봐서? 재단 이사장인 다희 아빠를 의식해서?”

은재 흥분은 쉬 가라앉지 않았다.

수업이 끝나고 담임 샘이 나를 교장실로 불렀다. 교장 샘, 교감 샘, 상담 샘, 담임 샘이 나를 기다리고 있었다.

“유하야! 내 말 오해 없이 들어 줄래? 수지는 이미 떠났어. 돌아올 수가 없는 곳으로. 나는 또 다른 애들까지 잃고 싶지 않아.”

담임 샘이 또박또박 말했다. 내 짐작이 맞았다.

“언론에 노출되어 학교 망신시키는 것보다는 조용히 덮는 게 어떨까요?”

교감 샘이 말했다.

"덮는다고요? 더 의논해 보시는 게……."

상담 샘이 조용히 말했다. 그 말에는 아무도 대답하지 않았다.

나는 자리에서 벌떡 일어섰다. 담임 샘이 내 손을 잡아 앉혔다.

"유하야! 내 말 들어 봐. 우리라고 이러고 싶겠니? 수지를 생각하면 이럴 수 없어. 그러나 수지는 이제 없어."

샘이 나를 설득했다. 나는 고집스레 입술을 앙다물었다.

나는 증거만 찾으면 가해자들이 벌 받을 줄 알았다. 수지 억울함을 풀어 줄 거로 생각했다. 그러나 해결 기미는 보이지 않았다. 샘들 반응은 너무도 실망이었다. 그때 전화벨이 울렸다. 내 전화였다. 담임 샘이 받으라는 손짓을 했다.

"네. 임 형사님, 동영상 보셨다고요?"

나는 일부러 목소리 톤을 높였다.

샘들은 모두 낭패라는 표정이었다.

"네. 알겠습니다."

전화를 끊었다.

"임 형사님? 벌써 경찰에도 알렸단 말이야?"

담임 샘 목소리가 내 귀에는 신경질적으로 들렸다.

"네."

나는 짧게 대답했다.

"유하야, 좀 참지 그랬니? 앞으로 어떻게 일을 처리해야 할지……."

담임 샘 말에 교장 샘이 손바닥을 펴 말을 막았다.

"상담 샘 말대로 좀 더 의논해 보기로 하지요. 학생은 돌려보낸 뒤 대책을 세워 봅시다."

"참고로 세 학생 모두 만 14세가 안 된 애들입니다."

담임 샘이 내 손을 잡고 일어서며 말했다.

"아, 촉법?"

교감 샘이 냉큼 대답했다.

"제2, 제3의 수지가 생기면요?"

나는 고개를 똑바로 들고 말했다. 담임 샘이 당황해서 잡은 내 손을 더 힘주어 끌었다.

"그 애들을 만나 보겠습니다."

상담 샘이 입을 열었다. 상담 샘은 나를 바라봤다. 보일 듯 말 듯 고개를 끄덕였다. 오랜만에 내 편을 만난 것 같았다.

느티나무 아래서 영모와 은재를 만났다.

“우리가 찍은 동영상 효과가 별로야. 학교에서는 문제 삼지 않을 건가 봐. 그 애들이 14세가 안 되어서 큰 벌은 받게 할 수도 없나 봐.”

“뭐야?”

영모가 흥분했다.

“개뿔. 학생이 죽었는데?”

은재가 발을 굴렀다.

“드라마에서 봤는데. 동의 없이 녹취한 것은 법적 효력도 없대.”

은재가 고개를 저었다.

다른 방법이 필요했다.

“우리가 하자. 어른들에게 맡기지 말고 우리가 하는 거야.”

영모가 주먹을 쥐어 보였다. 은재와 나도 어느새 주먹을 쥐고 있었다.

CCTV 확보

"유하? 나 임 형사야. 아까 학교에 갔다 왔다. 학교 측은 덮길 원하는데, 그건 아니라고 했다. 일단 동영상을 보낸 것으로 신고된 거라고 말해 줬지. 미성년자라고 봐 달라고 부탁하더라. 나중엔 촉법을 들먹였어. 만 10세~14세까지는 범죄를 저질러도 형사 처벌 대신 보호 처분만 받는 제도거든. 그런데 수지 몸 상처가 나를 잡고 놓아주질 않아. 이대로 묻었다가는 죄책감에 시달릴 것 같아. 가해자 애들에게도 뭔가 좋은 방법이 있을 거야. 그 애들 그대로 두면 안 돼. 다음에 다시 연락할게."

거실에 모인 아저씨와 엄마가 누구냐는 눈짓을 했다.

"임 형사님이요. 동영상 보냈거든요."

"굿!"

아저씨가 엄지손가락을 들고 씩 웃었다. 하얀 이가 드러나는 미소가 멋있다는 생각을 또 하고 말았다.

동영상을 본 후 엄마는 기가 막힌다는 표정을 지었다. 아저씨는 내 어깨를 두드리는 것으로 격려했다.

"다이어리의 비밀을 밝히고 동영상으로 증거도 찾고. 애 많이 썼구나. 수고했어. 장해."

아저씨가 먼저 입을 열었다.

"그런데 동영상만으론 증거가 부족할 것 같아. 어떻게 너를 도울까?"

"수지가 세 아이와 만났던 장소를 찾아 CCTV를 살펴보면 어떨까요?"

갑자기 든 생각이었다.

"어떻게? 그곳을 어떻게 찾는다고?"

내 말에 엄마가 반기를 들었다.

"노래방이요. 다희가 노래한 곳."

우리는 서둘러 노래방 페이지를 찾았다.

"여기!"

엄마가 손가락으로 짚은 곳, 방탄노래방!

"방탄. 여기 있다. 이 다이어리에서 나오는 정확한 장소는 방탄과 소망뿐이네."

엄마가 아저씨를 보며 말했다.

"정말 그런데요."

아저씨가 고개를 크게 끄덕였다.

"수지가 알려 주고 있어요. 저도 거기가 어딘 줄 알아요. 학교 앞 식당 골목 끝나는 곳에 있어요."

"수지가 정확한 명칭을 쓴 두 장소. 거기에 답이 있다는 뜻일까요?"

엄마 눈이 반짝였다.

"나 잠깐 나갔다 올게요."

아저씨가 코트를 챙겨 들었다.

"아! 유하야, 임 형사 폰 번호 줄래?"

나는 지갑에서 임 형사님 명함을 꺼내 주었다. 살짝 스치는 아저씨 손길이 느껴졌다. 따뜻했다. 우리 아빠 손도 이렇게 따뜻했을까? 엉뚱한 생각이 스쳐 지나갔다. 현관문 닫히는 소리에 정신이 번쩍 들었다.

어두워져서야 아저씨가 돌아왔다.

"임 형사 도움을 좀 받았지."

아저씨는 USB를 손에 들고 흔들었다.

"바쁘신데 죄송합니다."

아저씨를 향해 고개를 숙였다.

"가족끼리는 그런 말 안 해도 되는 거야."

아저씨가 환하게 웃었다.

아저씨는 서재에서 노트북을 갖고 나왔다. USB를 꽂고 셋이서 나란히 앉았다. 내가 가운데 양쪽에 엄마와 아저씨가 앉았다.

어두컴컴한 화면에 세 아이와 수지가 보였다. 룸으로 들어가는 뒷모습이 보였다. 한 시간쯤 뒤에 다시 나타나는 애들. 수지가 CCTV 쪽을 쳐다봤다. 셋이서 먼저 나간 뒤였다. 수지가 손으로 눈물을 닦는 모습이 보였다. 휴지를 꺼내 코를 닦았다. 검붉은색으로 물든 휴지가 보였다. 소름이 돋았다. 그다음 수지는 티셔츠를 쭉 잡아당겼다. 어깨가 드러나는 엉뚱한 행동. 무언가 옷에 감춰진 곳을 보이려는 것 같았다. 어깨 쪽이 좀 진하게 보였다. 수지는 뭔가 말하고 싶은 듯 CCTV를 보며 서 있었다. 누가 부르는 듯 급히 자리를 떠나는 수지. 그러면서도 CCTV 쪽을 한 번 더 쳐다봤다. 그 뒤로 수지 모습은 보이지 않았다.

나는 얼굴을 손으로 가리고 말았다.

"수지가 범인들을 알려 주고 있어요."

목소리가 떨렸다. 두툼한 손이 가볍게 등을 두드려 줬다.

"임 형사도 USB를 갖고 갔으니 사건이 진행될 거야. 임 형사가 이 사건에 관심이 많다고 했지? 자기 조카가 학교 폭력 가해자였대. 피해자가 자살하자 그 뒤 따라서 자살하고 말았다더라. 착하고 여린 애였다는데 어떻게 가해자 무리에 들어갔는지 이해되지 않는다고 하더라. 수지도 안타깝고 가해자 세 아이에게도 특단의 조치가 필요하다고 하더라. 그 애들도 위험할 수 있대."

순간 가연이가 생각났다. 체육관에서 바닥에 엎드려 울던 얼굴이 떠올라 마음이 편치 않았다.

'홍수지, 그 애 상처가 나를 잡고 놓아주지 않아.'

임 형사가 했던 말도 생각났다.

"수지 대단하다. 어쩜 이렇게 퍼즐 조각을 만들어 두었을까?"

엄마가 감탄했다.

"유하를 믿으니까 다이어리를 남긴 거죠."

아저씨가 고개를 끄덕이며 말했다.

엄마가 자랑스러운 눈빛으로 나를 바라봤다.

"그걸 찾아낸 우리 유하도 대단하지."

'우리 유하'

아저씨 그 말이 따뜻한 솜이불처럼 나를 감싸는 것 같았다.

이게 내가 한 생각? 강유하가 한 생각이라고? 행여 두 분이 아저씨에 대한 내 마음을 눈치챌까 싶었다. 부끄러움과 어색함을 뒤로 하고 내 방문을 열었다.

이튿날이 되어도 학교에서는 아무 연락이 없었다. 우리 홈즈 탐정단에게 그동안 이야기를 들려줬다. USB를 갖고 피시방을 찾았다. 영모는 주먹을 꽉 쥐었고 은재는 소리 죽여 울었다.

"수지가 왜 유하에게 다이어리를 남겼는지 알 것 같아. 추리 작가인 유하 아빠, 모의 해킹에 관심 많은 유하를 의식하지 않았을까?"

"네 눈물 명연기랑 영모 보디가드 역도 도움이 컸어. 고마워."

내 말에 영모가 어깨를 으쓱했다.

"영모 네가 있어서 든든했어. 안심하고 일을 추진할 수 있었으니까."

은재가 맞장구를 쳤다. 은재가 눈물을 매단 채 영모 어깨를 두드렸다.

영모는 USB 동영상을 휴대폰에 저장했다.

"필요할 때가 있을지도 모르니까."

영모 말에 은재가 엄지척을 했다.

며칠이 또 지나갔다.

학교에서는 별다른 반응이 없었다. 세 아이에게도 변화가 없었다. 가연이가 눈에 띄게 야위어 갔다. 그 모습이 마음에 걸렸다. 그런 내 마음이 이상했다. 수지를 죽게 만든 가해자인데.

"걔네 하나도 안 변했지? 다른 방법을 찾아볼까?"

은재도 이상하다는 듯 속삭였다.

"수지 고모를 찾아가 볼까?"

영모가 물었다. 요즘은 영모가 더 적극적인 것 같다.

"좋아."

수업이 끝나고 우리는 소망빌딩으로 갔다.

수지 고모를 만났다. 내가 학교 폭력 위원회에 수지 일을 고발하자고 했다. 수지 고모는 고개를 저었다.

"이제 와서, 다 부질없는 짓이다. 그런다고 떠난 수지가 살아 돌아오겠니? 그냥 조용히 가슴에 묻을란다. 담임 샘이 찾아와서 부탁하기에 그러마고 약속했다."

수지 고모 뜻은 단호했다.

"더 이상 괴로운 일에 엮이고 싶지 않아. 다시는 찾아오지 마라."

수지 고모는 우리에게 눈길도 주지 않았다.

"고모가 너무 상처받으신 것 같다."

"얼굴이 장례식장에서보다 더 상하신 것 같아."

은재가 말했다.

"본인이 싫다잖아? 경찰도 찾지 못한 것을 어린 학생들이? 세상이 그리 만만한 줄 알아? 어서 가. 괜히 속 시끄럽게 말고. 수지 고모 저게 산 사람 얼굴인가 보라고. 더 괴롭히지 마."

아줌마들이 우리를 거칠게 몰아냈다. 밀걸레를 우리 앞에 들이미는 아줌마도 있었다.

우리가 준비한 것들은 펼쳐 보지도 못하고 쫓겨났다. 자동문 밖으로 나와 은재는 나왔는데 영모는 자동문 저쪽에 있었다. 영모가 다시 들어오라는 손짓을 했다. 우리는 영모 곁으로 달려갔다. 영모가 갑자기 휴대폰을 열었다. 수지 모습이 화면에 나타났다. 영모는 그 화면을 들고 고모 쪽으로 달려갔다. 휴대폰을 고모 눈앞에 들이댔다. 고모는 어이가 없는 듯 고개를 돌려 이리저리 피했다.

"한 번 보세요. 여기 수지가 있다고요."

영모가 당차게 말했다.

망설이던 고모가 휴대폰 화면에 눈길을 줬다. 수지 모습이 보이자 고모가 휴대폰을 움켜잡았다. 눈길이 화면으로 옮겨갔다. 화면 속 수지 얼굴을 손으로 어루만졌다. 화면에 얼굴을 갖다 댔다. 은재는 고개를 돌려 버렸다.

아줌마들이 모여들었다.

"오메, 징한 것들. 저것 코피 같은데? 수지를 저리 괴롭혔구만."

아줌마 중 한 사람이 주먹을 쥐었다.

"수지 억울함을 풀어 주고 싶어요. 유하는 잠도 못 자고 밥도 못 먹고 이 사실을 밝혀냈다고요."

다음엔 은재 눈물 연기가 이어졌다. 아니 그건 연기가 아닌 은재의 아픔 표현이었다. 다음은 체육관의 동영상 차례였다.

"이런데 그만두자고요?"

"이렇게 수지가 당했는데도요?"

"수지가 왜 이런 것들을 남겼을까요?"

우리 말에도 고모는 돌처럼 움직이지 않았다. 휴대폰만 꽉 껴안고 놓지 않았다.

"암만, 그냥 두면 안 되겠네. 징한 것들, 저게 어린 학생이 할 짓이여? 세상이 어찌 되려고 이런 무서운 짓거리를 할까? 당연히 응징해야지. 여기 일은 우리한테 맡기고 어서 가 봐."

아줌마들이 더 서둘렀다.

"내가 어떡해야 되는 거냐?"

고무장갑을 벗는 고모 손이 부들부들 떨렸다.

"그냥 학교 가서 고발하면 접수될걸. 그 학교 학생이 수지를 죽게 했으니까. 이렇게 증거가 뚜렷한데."

밀걸레를 든 아줌마가 조언했다.

"그런데 왜 하필 우리 수지라니? 그 착한 애가 뭘 그렇게 잘못했다니?"

수지 고모가 힘겹게 우리를 바라봤다.

"당장, 학교 가서 그 뭐라고 했지? 폭력을 고발해야겠다. 그런데 내가 뭘 알아야지. 누구 도움을 받아야 할까?"

청소복을 벗던 수지 고모가 말을 맺지 못했다.

"핸드폰 주세요."

내가 손을 내밀었다. 고모가 주머니에서 폰을 꺼냈다. 나는 폰을 받아 '유하 엄마'라고 저장했다.

"엄마도 내용을 잘 알고 있어요. 전화해 보세요."

"모두 고맙다. 당장 학교로 가야겠다."

고모 눈이 붉게 물들었다.

청소용 장화를 벗는 수지 고모 손이 몇 번이나 미끄러져 빗나갔다. 동료 아줌마들이 달려왔다. 한 사람은 수지 고모를 붙잡고 다른 사람은 장화를 벗겼다. 수지 고모는 비척이며 빌딩을 빠져나갔다.

나는 노래방 동영상과 체육관 동영상을 수지 폰으로 그들 단톡방에 올렸다. 담임 샘 폰에도 노래방 동영상을 보냈다.

고장 난 브레이크

수지 폰으로 보낸 노래방 영상을 보고 그들은 어떤 반응을 보일까? 기대되었다. 그러나 그들은 모이지 않았다. 우리가 그들을 모이게 만들어야 했다.

- 점심시간에 재활용 창고 앞에서 만나자. 수지 일이야.

세 아이에게 톡을 보냈다.

"너희들이었어?"

민서가 눈을 치켜뜨며 물었다.

"맞아. 그런데 수지에게 왜 그랬어? 왜 그랬어."

내가 들어도 내 목소리가 너무 떨렸다. 좀 더 다부지게 말하고 싶었지만 잘 안되었다. 손까지 부들부들 떨렸다. 그 애들은 멀쩡한데 나만 떨고 있었다.

가연이가 민서 손을 잡았다. 민서가 그 손을 뿌리쳤다. 은재가 내 옆에 더 바싹 붙어 섰다. 창고 옆에 몸을 숨기고 서 있는 영모가 보였다. 든든했다.

"노래방 CCTV도 잘 봤지? 거기 수지 코피, 등 상처 다 찍혔어."

은재가 싸늘하게 말했다.

민서 표정이 갑자기 차갑게 변했다.

"그게 어때서? 캄캄해서 누군지 잘 모르겠던데? 그걸로 뭘 어떻게 할 건데?"

민서 말투가 당당했다. 내가 기대한 반응과는 너무 거리가 멀었다. 겁이 난 말투가 아니었다. 기가 죽은 말투도 아니었다. 잘 걸렸다. 어디 한번 싸워 볼까? 그런 느낌이었다. 어이가 없었다. 은재도 나도 눈을 크게 뜨고 말았다. 말이 막혔다. 뭐 저런 애가 다 있어? 마음은 뺨이라도 한 대 후려갈기고 싶은데, 마음뿐이었다. 내 손은 떨리기만 했다.

"왜 하필 수지였니?"

간신히 그 말만 했다.

"처음엔 현지였어. 현지가 전학 간 뒤, 수지로 바뀌었지. 현지가 재미있었는데. 수지도 나름 괜찮았어. 마지막이 예상했던 일이 아니어서 짜증이 좀 났지."

저게 사람이 할 말일까? 은재 얼굴이 파랗게 질렸다.

"이번엔 유하 너를 가해자로 만들어 볼까? 내가 수지 뒤를 따라가 버리면? 유하 네가 가해자가 되나?"

민서가 미친 듯 웃었다.

"그게 말이라고 해? 친구를 죽게 만든 너희들 사람 맞아? 이젠 유하까지 물고 늘어져? 너희들 진짜 혼 한번 나 볼래?"

은재가 헐떡이며 소리쳤다.

가슴이 터질 것 같았다. 머리카락이라도 잡아 뜯고 싶었지만 나는 눈물을 흘리고 말았다. 내가 너무 바보 같았다.

"왜 하필 수지였니?"

나는 숨을 헐떡이며 다시 물었다. 민서는 하늘을 올려다봤다.

"왜 수지를 죽게 했냔 말이다."

내 커다란 고함에 가연이 어깨가 흠칫했다.

민서가 호주머니에서 담배를 꺼냈다.

"어떻게? 학교에서 담배를?"

은재가 물었다.

"공부 좀 잘한다고 날 의심한 사람은 아무도 없던데?"

민서는 담배에 불을 붙여 입에 물었다.

'악은 모양이라도 흉내 내지 말아야 해.'

엄마 말이 생각났다. 나는 주먹을 꽉 움켜쥐었다. 이대로 두지 않겠다고 입술을 앙다물었다.

담배에 불이 빨갛게 타올랐다.

"첫 시작은 이것 때문이었어. 내가 담배 피우는 걸 수지에게 들켰거든."

민서가 담배 연기를 내 얼굴에 내뱉었다.

"이것 때문이었다고?"

나는 바보처럼 담배 연기를 손으로 내저으며 되물었다.

"또 재수 없어서."

민서가 씹어 뱉듯 말했다. 주먹 쥔 은재 손이 부들부들 떨렸다.

"뭐가?"

은재가 물었다.

"쥐뿔도 없는 게 날 자꾸 타이르잖아? 그 해맑은 미소도 미웠어. 난 아직껏 그런 미소 한 번 지어 보지 못했는데. 그 앤 뭐가 그리 좋아서 자꾸 미소를 보이냐? 기분 나쁘게."

이번에도 민서가 대답했다. 가연이와 다희는 말없이 서 있었다.

"뭐라고? 고작 그게 이유였어?"

나는 민서의 어깨를 잡고 흔들었다.

"왜 그랬어? 왜 그랬어? 너희들 절대 용서 못 해."

나는 목청껏 소리 질렀다.

"어쩔 건데?"

민서가 턱을 치켜들었다.

"그만해. 미칠 것 같아."

가연이가 불안한 표정으로 나직하게 말했다.

"맞아. 미치고 싶을 때가 있지. 그럴 때 수지를 괴롭히면 스트레스가 풀리더라니까."

민서가 자기 머리카락을 두 손으로 헝클었다.

"고장 난 브레이크. 어떻게 될 것 같니?"

민서가 씩 웃었다.

"처음부터 수지를 괴롭힐 생각은 없었어. 내가 담배 피우는 걸

본 수지는 언니처럼 타이르더라. 재수 없게 말이야. 이제껏 누가 날 타이른 적이 없었거든. 내가 공부는 잘하지만, 건강 해치면 다 꽝이라나? 비밀은 지켜 줄 테니까 담배를 끊으라더라. 지가 우리 엄마라도 되는 것처럼 오지랖을 떨더라니까. 마침 현지가 전학 간 뒤라 심심하던 참이었어."

"우리 모두 미쳐 가고 있었나 봐."

민서 말을 들으며 가연이가 울먹였다.

"가연이 너는? 너도 학폭 피해자였다면서 어떻게?"

나는 그때까지 숨겨둔 비밀을 터뜨렸다.

"다시 학폭 피해자 될까 봐 무서웠어. 내가 안 당하고 수지가 당하니까 묘하게 안도가 되었거든."

가연이 어깨가 들썩였다.

나는 아무 말도 할 수 없었다.

"너희들 아무리 이래도 우리를 어떻게 못 해. 우리 아버지는 명예를 생명처럼 여기는 분이거든. 어떤 수단으로든 날 가해자로 만들진 않으실 거야. 무서운 분이거든. 세상에서 가장 무서운 분이야. 그리고 다희 아빠는 그 많은 돈 어디다 쓰겠니? 너희들 손 떼는 게 좋을걸. 아님 다쳐. 수지가 자살하면서까지 지키고 싶은

게 있지 않았겠니? 수지 뜻을 짓밟지 마라."

민서가 담배를 발로 짓밟으며 말했다.

"그게 뭔데? 빨리 말해."

은재가 민서 앞으로 달려들었다.

"그 이유도 찾아보시던지."

민서가 약 올리듯 말했다.

나는 더 이상 참을 수가 없었다. 민서 웃옷 깃을 두 손으로 잡고 막 흔들었다. 다희가 달려들었지만 나는 손을 떼지 않았다. 숨이 막힌 민서가 얼굴이 빨개지며 캑캑댔다.

"이, 이것 아, 안 놔?"

민서가 캑캑거리며 소리쳤다.

"그까짓 숨 잠깐 못 쉬어 그리 힘드냐? 수지는? 수지는 마지막으로 어떤 고통을 당하며 떠났을 것 같니?"

나는 더 세게 옷깃을 움켜쥐었다. 은재가 내 손을 잡아뗐다.

"어디 더 때려 보시지? 너도 진짜 학폭 가해자 되고 싶어?"

민서 말에 온몸의 힘이 빠져나갔다. 민서를 그대로 둬서는 안 되겠다는 생각만이 머릿속을 헤집고 다녔다.

"너 사람도 아니구나."

부들부들 떠는 나를 끌어안고 은재가 민서를 노려봤다.

“사람? 난 괴물 된 지 오래야.”

민서가 씩 웃었다. 그 웃음이 소름 끼치게 무서웠다.

“민서야, 이 애들 그냥 둬?”

다희가 은재와 나를 날카롭게 쳐다보며 소리쳤다. 민서 대답을 기다리듯 민서 쪽으로 고개를 돌렸다. 민서는 고개를 가만히 저었다. 다희가 한발 물러섰다. 말 잘 듣는 로봇 같은 느낌이었다. 그때 수업 시작종이 울렸다. 우리는 교실로 발길을 옮겼다. 영모도 종이상자 뒤에서 나왔다.

수업 시간에도 내 눈은 민서를 좇았다. 근데 왜 수지는 저런 애들에게 당하고 아무에게도 말 못 하고 자살을 택했을까? 아직도 풀어야 할 숙제가 남아 있었다. 그날 오후 수지 고모가 엄마에게 전화했다.

“피해자가 사라진 데다가 증거가 명확하지 않아서 학교에서도 어떻게 할 수가 없대요. 그냥 덮자고 담임 샘이 사정하는데 그래야 할 것 같아요. 죽은 수지가 살아 돌아올 것도 아니고…….”

“여, 여보세요. 수지 고모 제 말 좀…….”

전화는 그렇게 끊겼다.

“수지는 왜 정확하게 밝히지 못하고 그렇게 떠나갔을까? 결코 말 못 할, 말해서는 안 될 이유 같은 것이 있었을까?”

엄마가 혼잣말처럼 말했다.

그날 밤 가족 모임이 열렸다. 퍼즐 조각을 군데군데 배치해서 범인들을 알려 준 수지다. 그러면서도 학폭을 폭로하지 못한 그 이유는 왜 끝까지 못 밝혔을까? 어쩜 이미 밝혔는데 우리가 찾지 못하는 것은 아닐까? 답을 찾지 못한 시험지를 보는 것처럼 답답했다. 이번엔 그 답을 찾기로 했다. 우리는 모두 다이어리에 코를 박았다.

“이것 아닐까?”

아저씨가 손가락으로 한 문장을 짚었다.

소망빌딩에서 다희를 만났다. 그 빌딩이 다희네 빌딩이라고 했다. 그 빌딩에서 우리 고모는 청소하고 있다……

“여기 이 문장 말이야. 마침표를 찍어야 하는데 왜 마침표 대신 ……을 넣은 걸까? 거기 할 말을 다 못 하고 숨겨놓은 것 아닐까?”

아저씨 말에 가슴이 벌떡였다. 수지가 못 한 말, 그걸 우리더러 찾아내라는 뜻이 아닐까?

"이 다이어리에 실명이 나온 곳은 방탄노래방과 소망빌딩뿐이었지? 방탄노래방에서 정확한 증거를 준 수지였지? 여기 소망빌딩 말이야. 여기에도 답이 숨겨진 것 아닐까?"

역시 추리 소설 작가인 아저씨다웠다. 날카로운 지적이었다.

"와! 강 작가님. 대단해요."

엄마가 흥분한 목소리로 말했다. 아저씨는 어색한 듯 엄마 어깨를 툭 쳤다.

'소망빌딩과 단서'

우리 가족은 계속 수지 생각을 찾고 또 찾았다. 12시가 되도록 답은 나오지 않았다. 그때였다. 수지 목소리가 들렸다.

"우리 고모는 화장실에서 밀걸레를 밀며, 변기를 닦으며 하는 말이 있대. '감사합니다. 감사합니다.'라는 말을 항상 주문처럼 말한대. 그 직장 때문에 우리 식구 밥 먹고 산다고 말이야. 만일 그곳에서 고모가 잘리면 우리 모두 공부를 계속할 수 없을걸? 매월 월급에서 빠져나가는 빚 때문에 청소부 그만두면 당장 길거리로 나앉게 될 거고."

언젠가 수지가 했던 말이다. 머리에 전구가 반짝 켜지는 것 같았다.

혹시? 그걸 이용해서? 소름이 온몸으로 퍼져나갔다.

"애들이 다희네 빌딩을 이용해 고모를 해고할 수도 있다고 위협했다면? 만일 발설하면 해고한다고 했다면요? 민서도 수지가 목숨 바쳐 지키고 싶은 게 무엇인지 찾아보라 했어요."

"설마. 아니야. 말 되네. 그 착한 수지라면? 저 혼자만 떠나면 된다고 생각했을 수도 있구나. 휴! 불쌍한 것."

엄마가 한숨을 내 쉬었다.

"이거 우리 유하가 나 대신 소설 써야겠네. 정말 그럴듯한 생각이야. 감춰 놓은 수지, 찾아낸 유하. 둘 다 대단한 애들이야."

이번에도 아저씨는 '우리 유하'라고 말했다. 몇 번이나 고개를 끄덕이며 나를 보며 웃었다.

"그런데 왜 수지는 끝내 발설하지 않았을까요?"

"수지가 아무리 똘똘해도 아직 어리니까. 저만 떠나면 된다고. 그게 최선이라고 생각했겠지. 그게 길러 준 고모에 대한 은혜 갚음이라고 생각했겠지. 착한 애니까."

아저씨가 내 등을 쓰다듬었다. 그게 싫지 않은 게 이상했다.

"이렇게 비밀을 퍼즐로 만들어 숨길 정도 아이라면? 작가가 되고도 남았을 텐데. 아깝다. 이런 애를 괴롭힌 그 애들은 정말 죄질이 나빠. 너무 나빠."

엄마가 다시 한숨을 내쉬었다.

"내일을 위해 이제 그만 잡시다."

엄마 말에 아저씨가 일어나 서재로 들어갔다. 나도 내 방으로 들어왔다.

마지막 퍼즐 조각까지 찾아냈지만 쉽게 잠이 오지 않았다.

책상 앞에 앉았다. A4 용지를 꺼내 내 마음을 종이에 적었다. 수지처럼 연필로 썼다. 똘똘하면서도 바보 같은 수지 죽음이 답답해서 써 봤다. 민서 뻔뻔함이 너무 분했다. 수지도 민서 반응에 하늘나라에서 너무 억울할 것 같았다.

제 친구가 죽었습니다.

중2, 15세 소녀 홍수지입니다.

작가가 꿈인 아이였습니다.

학교 폭력으로 희생당했습니다. 그 애는 온몸에 피멍이 든 채 차가운 물속에 몸을 던졌습니다. 막강한 힘을 가진 부모가 있는 가해자들은 아무 일도 없었던 듯 뻔뻔합니다.

A4 2장에 빽빽하게 적었다. 그동안 모든 일을 담았다. 그냥 내 마음을 토해냈다. 먼동이 터 오는 걸 보고서야 잠자리에 들었다.

마음은 시소를 타고

다음 날 교실에 들어온 민서 목에 붕대가 감겨 있었다. 어디 다친 걸까? 혹시? 어제 재활용 창고에서 민서 옷깃을 잡고 흔든 게 생각났다. 설마?

"옥상에서 보자. 마침 옥상 문이 열려 있더라."

민서가 얼굴을 치켜들고 말했다.

민서를 따라 아무도 없는 옥상으로 갔다. 은재가 따라왔다. 민서가 붕대를 풀었다. 보랏빛으로 물든 목을 본 은재 얼굴이 하얗게 질렸다.

"이젠 네가 가해자네. 어디 한 번 잘해 봐. 목 조른 것, 살인 미수야. 그냥 모른 척하지 그랬어? 강유하 너까지 건드리고 싶진 않았는데. 어떡하냐?"

말이 안 되는 일이 벌어지고 있다. 민서 뻔뻔함에 울컥 토하고 싶었다. 수지가 저런 애에게 당했구나 싶어 가슴이 벌떡였다. 민서가 씩 웃으며 붕대를 감았다. 어떻게 사람이 저럴 수가 있을까? 이번엔 수지 대신 나를? 어이가 없었다.

"야, 어제 그까짓 옷깃 좀 잡고 흔들었다고 이렇게 멍이 들어? 자해로 조작했지? 너 진짜 괴물 맞네."

은재가 분노하며 발을 굴렀다. 민서 눈이 반짝 빛났다.

"옥상에서 지금 내가 뛰어내리면? 너희는 가해자가 되지? 그것도 재미있겠다. 내가 못 할 것 같냐? 난 뭐든 할 수 있다니까."

민서가 씩 웃었다. 그 웃음이 소름 끼치게 섬뜩했다.

정말 무서웠다. 간이 쪼그라들었다. 민서가 그대로 달려가 아래로 떨어져 버릴 것 같은 공포에 다리가 후들거렸다. 그런 나를 보며 민서가 웃음을 터트렸다.

"너희들 골리는 재미도 괜찮은데? 뛰어내리는 건 급하지 않아. 언제든 할 수 있지 뭐. 하하하."

민서는 웃음소리를 남기고 옥상을 떠났다.

"미친 것 아냐?"

"내 말이."

"진짜, 사고 치면 어떡하지?"

은재와 나는 바닥에 털썩 주저앉고 말았다.

"누군가는 말하더라. 용서할 수 없는 잘못은 없다고. 그러나 이건 아니잖냐?"

내 말에 은재가 고개를 끄덕였다.

온몸의 힘이 다 빠져나가는 것 같았다. 우리는 한참을 그대로 앉아 있었다. 수업 시작종이 울린 뒤에야 일어설 수 있었다. 교실에 들어가니 민서는 아무 일 없었던 듯 자리에 앉아 책을 보고 있었다.

"정말 저 애 완전 사이코야."

"진짜. 미쳤나 봐."

말은 그렇게 하면서도 겁이 났다. 영악한 민서가 어떤 일을 꾸미고 있는 걸까? 수지 억울함을 풀어 주려다 내가 억울한 일을 당하면 어떡하지? 우리가 상대하기엔 너무 버거운 상대가 아닐까? 마음이 요동쳤다.

쉬는 시간에 은재가 모이자는 톡을 보냈다.

"우리가 오히려 가해자 되게 생겼어. 어제 만나면서 왜 녹음할 생각을 못 했을까?"

은재가 한숨을 내쉬었다.

"이것 볼래?"

영모가 폰을 내밀었다.

어제 모습이 영상에 담겨 있었다. 떨어진 곳에서 찍은 동영상이라 별로 선명하진 않았다.

"강유하 너를 가해자로 만들어 줄까? 내가 수지 뒤를 따라가 버리면? 유하 네가 가해자 맞지?"

민서 말소리는 확실하게 들렸다.

"고마워. 어떻게 이런 생각을?"

은재가 영모 팔을 잡아 흔들었다. 영모 코가 벌름거렸다.

"저쪽 애들도, 부모들도 무섭다. 어떻게 딸이 저 정도가 되었는데 모를까? 우리가 이러고 있으면 안 되겠어. 우리도 '작전'을 세워 보자."

은재가 입술을 앙다물었다.

종일 어떤 '작전'을 세울까? 생각하고 또 했지만 좋은 생각은 떠오르지 않았다. 수지가 떠난 뒤 간신히 돌아온 입맛도 다시 떨어져 버렸다. 식판에 그대로인 음식을 보며 은재가 고개를 저었다.

밤에 잠도 오지 않았다. 하지만 밤마다 이불 속에서 울부짖던 일은 이제 하지 않는다. 시간이 치료제라는 말이 맞는 건지도 모른다. 내가 할 수 있는 일은 다 했다는 생각이 들었다.

– 머리가 깨지도록 생각하고 또 해도 머릿속이 텅 비어 있다.

은재가 톡을 보냈다.

– 나도 그래. 그래도 우리 잠은 자야지.

답을 보내 놓고서도 잠은 오지 않았다.

– 내일 모의 해킹 인터뷰하는데, 얼굴이 호빵처럼 보이겠다.

영모가 걱정했다.

'인터뷰? 방송실?'

그때 반짝 생각이 났다. 손이 마구 떨렸다. 저쪽에서 저렇게 나오면? 놀라운 생각이 머리를 스쳐 갔다.

나는 급하게 자판을 두드렸다. 손가락이 춤추듯 움직였다.

- 내일 인터뷰 시간에 우리 방송실에 가잖아? 증거를 방송으로 터뜨려 버리자. 전교생에게 알리는 거지. 이렇게는 진짜 안 하려고 했는데 말이야. 저 애들 사람이 아니야. 나를 가해자라며 협박하잖아. 나 요즘 잠도 못 자.

그렇게 썼다가 지워 버렸다. 너무 무서운 사건이 될 것 같아서였다. 영모까지 위험하게 만들 것 같았다. 나는 몇 번이나 지웠던 톡을 다시 썼다. 다른 답은 없었다.

- 유하, 자냐? 왜 말이 없어?

은재가 물었다. 나는 보내기 버튼에 손가락을 몇 번이나 댔다 뗐다 했다.

- 유하, 진짜 자?

이번에는 영모였다. 나는 눈을 감은 채 보내기 버튼을 꾹 눌러 버렸다.

– 야, 우리 그거 하자.

은재가 즉시 찬성했다.

– 와, 강유하 대단해요. 아니면 저들이 먼저 유하를 가해자로 만들걸?

은재가 다시 엄지척 이모티콘을 보냈다.
영모는 반응이 없었다.

– 생방송은 아니야. 다른 방법을 생각해 보자.

한참 만에 영모가 말했다. 영모도 나와 같은 생각이었다.

– 다른 방법? 있으면 말해 보든지.

은재였다.

– 그래도 전교생이 보고 듣는 생방송은……. 그건 엄청난 결과를 가져올 거야.

영모는 계속 망설였다.

– 당장 유하가 가해자가 된다는데?

은재 말투에 짜증이 묻어났다.

– 그 애들 수지를 죽게 했어. 죽게 했다니까. 이번엔 유하를 괴롭히려고 하잖아? 난 생방송 찬성, 완전 대찬성. 다른 방법 있어?

은재가 딱 부러지게 말했다.
많은 의견을 싣고 오래도록 '까톡까톡' 소리가 오갔다.

– 좋아. 하자.

영모가 드디어 찬성했다.

– 내가 USB에 모두 담아서 작업해 놓을게. 실체를 밝힐 거다.

영모가 단단히 결심한 듯 보였다.

– 역시, 우리 보디가드. 대단해 영모.

은재가 엄지척 이모티콘을 날렸다.

– 고마워.

나는 간단하게 말했다.
'수지야, 은재랑 영모가 너무 든든하다. 내일 잘 도와줘야 해.'
수지의 다이어리에 손을 얹고 말했다.

– 수지 영정 사진 네가 찍은 사진이라고 했지? 보내 줘.

영모 톡이었다. 영모가 뭔가를 하고 있다. 두려움이 온몸을 감쌌다. 아무리 그 애들이 수지를 죽게 했어도. 전교생에게 공개하는 건 너무 한 짓이다. 아니다. 잘못을 인정만 하고 죄 값을 치를 마음이 있었다면 내가 이러지 않지. 아니야. 그래도 전체 공개는 생각해 봐야 해. 그래, 좀 더 생각해 보자. 그 애들 악행이 모두에게 밝혀진다면? 그다음은 어떤 일이 일어날까?

간이 오그라드는 듯했다. 어쩌면 민서네가 수지에게 가한 학폭보다 생방송이 더 큰 학폭이 될 수도 있다. 나는 수지 사진을 보며 오래도록 그대로 있었다.

– 왜 사진 안 보내? 어서 보내. 내일이 벌써 오늘 되었다.

영모가 재촉했다.

나는 전송 버튼을 눌렀다. 손은 버튼을 누른 뒤에도 떨고 있었다.

– 선명한 것, 꼭 필요한 것만 간단하게 편집했다. 너무 길면 시청자들이 집중 못 할 것 같아서. 잘 자라.

–괜찮을까?

나는 계속 불안했다.

–뭔 일이야 나겠어? 그만 자자.

은재 톡을 받고 침대에 누웠다. 쉽게 잠이 오지 않았다.

'엄마와 아저씨께 생방송 한다고 알려야 할까?'

그것도 걱정되었다. 이야기하지 않기로 했다. 어쩜 반대할지도 몰라서다. 엄마가 무서운 애들이라며 손을 떼라고 할 것 같았다. 수지를 생각하면 그럴 수가 없었다.

'생방송, 진짜로 정말로 해야 해?'

내 마음은 새벽까지 시소를 탔다.

밝혀진 진실

"아직도 포기 못 했냐? 기어이 가해자가 되고 싶어? 그럼 그러던지."

이튿날 민서가 지나가며 툭 던지듯 말했다. 민서 목에는 아직도 붕대가 감겨 있었다.

어젯밤부터 시소를 타던 내 마음이 '생방송' 쪽으로 확 기울어졌다. 더 이상 망설이지 않도록 민서가 무게를 실어 주는 것 같았다.

점심을 먹은 뒤 방송실로 출발하기 전이었다. 망설임의 시소타기가 다시 시작되었다. '생방송'으로 이미 결심했는데 왜 또 이러는지. 짜증이 났다. 내 눈치를 살피던 은재가 물었다.

"왜 그래? 너 아직도 고민 중?"

은재가 내 어깨를 껴안았다.

"정말 괜찮을까? 이게 옳은 일일까? 민서네랑 우리가 뭐가 달라? 방송 뒷일이 두려워."

"그건 달라. 그들이 잘못을 뉘우치기는커녕 유하 너를 가해자로 몰고 가잖아? 모두 재네들이 스스로 판 무덤이야."

어제 내가 밤새워 고민하며 내렸던 결론과 은재 생각이 똑같아서 놀랐다.

"그 애들에게도 도움이 될걸? 요즘 유명한 연예인, 스포츠 스타들이 학폭 가해자로 줄줄이 추락하고 있잖아. 우리가 미리 예방 주사 놓아주는 거야. 우리가 그들을 더 큰 죄에서 구원해 주는 거라고. 파이팅."

은재가 주먹을 쥐어 보였다.

"그래도 전교생이 보는 생방송이잖아. 갑자기 자신감이 바닥을 기고 있어."

"그럼 안 되지. 자신감 없으면 자신감을 만들어 봐."

은재가 내 등을 두드렸다.

"수지가 왜 죽었는데? 수지만 생각해."

은재가 딱 잘라서 답을 말해 줬다.

맞다. 그게 정답이다.

"갈등의 시소 타기 이만 끝낼 거야."

내 말에 은재가 다시 내 등을 두드려 줬다. 나는 심호흡을 깊게 하고 방송실을 향해 걸었다.

영모는 방송실 앞에 먼저 와 기다리고 있었다. 영모와 함께 방송실로 들어갔다. 방송반 오빠가 방송실 문을 잠갔다. 방송반 언니가 메모지를 내밀었다. 모의 해킹에 대한 질문이 몇 가지 적혀 있었다.

"둘이 의논해서 답해 줘. 긴장하지 말고 그냥 친구들에게 간단하게 알려 주는 정도로 생각하면 될 거다. 자연스럽게 하자고 미리 질문지 안 준 거야."

오빠 말에 침을 꼴깍 삼키는 영모의 목울대가 눈에 들어왔다. 나도 침을 삼키며 메모지를 살폈다. 글자는 눈에 들어오지 않고 영모 주머니에 있을 USB에 신경이 갔다.

"아 참, 영모에게 받은 모의 해킹 시상 장면 USB 챙겼지? 질문 중간에 영상 내보내야 하거든. 너희들 멋있게 보이던데?"

방송반 언니 말에 오빠가 고개를 끄덕이며 서랍에서 USB를 꺼냈다.

“아, 형 그것보다 이게 더 서, 선명해요. 그건 가족들이 찍은 것이고 이, 이건 협회에서 직접 준 것이라 더 선명해요.”

USB를 내미는 영모 손이 떨고 있었다.

“생방송 인터뷰라 긴장되냐? 그냥 있는 대로 보여 주면 되는 거야. USB 내용은 똑같은 거지? 이왕이면 선명한 게 좋지.”

오빠가 USB를 받아 들었다.

잠시 뒤 ‘방송 중’이라는 빨간불이 들어왔다. 심장이 뛰는 소리까지 방송에 나갈 것만 같았다. 모의 해킹 대회에서 수상했다고, 우리 학교를 빛낸 자랑스러운 학생이라고, 영모와 나를 소개했다. 긴장한 영모와 내 얼굴이 모니터에 비쳤다. 언니가 입꼬리를 손으로 올리며 얼굴을 펴라는 사인을 보냈다.

“해킹에 관심을 갖게 된 동기는 무엇인가요? 유하가 먼저 대답해 볼래요?”

오빠가 1번 질문을 했다.

“대한민국의 사이버 안전을 책임지는 일을 하고 싶었어요. 애들에게 엄청난 피해를 준 무서운 사이버 사건을 본 뒤에 결심했어요.”

내 말소리가 책을 읽는 것처럼 어색했다.

"맞아요. 온 나라가 떠들썩했던 그 '무슨 방' 사건이 있었지요?"

언니가 맞장구를 쳤다.

"영모는 어떤 일을 하고 싶나요?"

언니가 영모에게 물었다.

"어떤 컴퓨터도 뚫을 수 있는 해커, 세계적인 멋진 해커가 되고 싶습니다."

"그런 해커가 되고 싶은 무슨 이유라도 있나요?"

오빠가 물었다.

"나라에 도움을 주는 일을 하고 싶어요. 세계적으로 유명한 해커 이 아무개 아저씨처럼요. 저도 그런 해커가 꼭 되고 싶습니다."

우렁찬 영모 목소리에 언니와 오빠가 손뼉을 쳤다. 그러나 영모의 목소리는 긴장으로 딱딱했다.

"모의 해킹 대회에서 대단한 성적을 낸 최영모와 강유하의 수상을 다시 한번 축하드립니다. 우리 학교에서 두 명이나 입상했다니, 정말 자랑스럽습니다. 우리 학교 2학년들이 참 대단한 것 같아요. 지난번 수학올림피아드에서 3학년을 제치고 상을 탄 2학년도 우리 학교 학생이었잖아요. 정말 자랑스러운 후배들입니다."

민서가 상을 탄 수학올림피아드 이야기이다. 가슴이 더 떨렸다.

"이번에는 두 학생이 모의 해킹 대회에서 상을 받는 자랑스러운 장면을 보도록 할까요? 그다음에 이야기를 진행하겠습니다."

언니와 오빠가 환하게 웃었다. 영모 얼굴이 파랗게 질렸다. 나도 그럴 것이다. 오빠가 컴퓨터에 USB를 꽂고 엔터키를 눌렀다.

"홍수지 죽음의 진실"

큰 자막이 화면에 떴다. 이어 검은 띠를 두른 수지의 해맑은 영정 사진이 나타났다.

"수지를 내가 죽였냐? 뭔 지랄이야?"

그 뒤를 이어 민서의 말이 튀어나왔다. 방송반 언니 오빠 얼굴이 하얗게 질렸다.

"방송 사고다. 스톱. 스톱."

언니가 다급하게 소리쳤다. 오빠가 벌떡 일어섰다. 영모가 잽싸게 몸으로 컴퓨터를 가로막았다. 오빠가 영모 쪽으로 몸을 날렸다. 영모가 오빠를 껴안고 뒹굴었다. 의자도 같이 뒹굴었다. 영모 덩치에 눌려 오빠가 꼼짝도 못 했다. 언니가 그쪽으로 서둘러 다가갔다. 나도 언니를 껴안고 놓지 않았다.

"언니, 오빠. 이게 진실이라고요. 홍수지 죽음의 진실요. 도와주세요. 억울하게 죽은 수지 사건이 밝혀지게 도와주세요."

나는 언니 두 손을 잡은 채 무릎을 꿇었다. 언니 오빠가 안절부절못했다. 언니 오빠 시선이 영상에 가서 머물렀다. 두 사람 얼굴이 돌처럼 굳어졌다. 두 사람은 방송 사고도 잊은 채 화면에서 눈을 떼지 못했다. 영모는 끝까지 방송 설비 앞에서 바위처럼 움직이지 않았다.

"강유하, 이번엔 네가 가해자가 돼 볼래?"

민서 말이 교정에도 울려 퍼질 것이다. 소름이 온몸을 훑고 지나갔다. 나는 그때까지 무릎을 꿇고 언니 손을 놓지 않았다.

끝났다.

"죄송합니다. 의도치 않은 방송 사고였습니다. 용서해 주시기 바랍니다."

언니가 떨리는 목소리로 사과했다.

"홍수지 죽음, 자살 아닌 타살입니다."

영모의 커다란 목소리가 언니 말 위에 얹혔다. 오빠가 얼른 전원 버튼을 눌렀다.

탕탕탕. 문 두드리는 소리였다.

“문 열어!”

“네놈들이 지금 무슨 짓을 하고 있는지 알아?”

샘들이 창밖에 얼굴을 드러냈다.

오빠가 고개를 푹 숙이고 문을 열었다.

샘들이 우르르 몰려 들어왔다.

‘수지야. 끝났다.’

영모와 나는 바닥에 털썩 주저앉았다. 샘들이 방송실에 있는 우리 어깨를 힘주어 움켜잡았다. 빰이라도 때리고 싶은 걸 참는지 주먹을 꽉 쥐는 샘, 이를 앙다무는 샘도 있었다. 우리는 모두 교장실로 끌려갔다. 우리를 바라보는 샘들은 고개를 저었다. 샘들 얼굴은 약속이라도 한 듯 모두 하얗게 질려 있었다. 너무 엄청난 일이라 어떻게 할 줄을 모르는 것 같았다.

“이, 이런 큰 사건이 우리 학교에서 터지다니? 더구나 이사장님 딸이라니?”

교장 샘이 탁자를 두 손으로 짚으며 고개를 숙였다.

“이 일을 어떻게 처리할 겁니까? 전교생에게 생중계해 버렸으니 이제 어떡합니까?"

교감 샘이 샘들을 향해 삿대질했다. 샘들은 자신들 잘못인 듯 고개를 들지 못했다. 우리는 한 시간 넘게 꾸중을 들었다. 방송반 언니, 오빠는 죄도 없이 꾸중을 들었다. USB도 빼앗겼다. 방송실은 당분간 패쇄하라는 벌을 받았다. 사고를 친 네 명에게 벌이 내려졌다. 수업이 끝나고 한 시간 동안 상담실에서 일주일간 반성문을 쓰라는 벌이었다. 형식적인 벌이라는 느낌이 들었다. 더 큰 벌은 무슨 이유인지 못 주는 것 같았다.

복도에서 은재를 만났다.

"대박, 애들 완전 충격에 빠졌어."

은재가 속삭였다.

교실에 들어서자마자 애들이 내 주위로 몰려들었다.

"유하야, 정말이니? 그 방송 말이야? 진실이야?"

"정말, 저 애들이 수지를 죽게 했어? 실화야?"

"아까 그 방송에서 나온 말, 저 애들이 진짜로 한 말이야?"

모두 내 입만 바라봤다.

"맞아."

나는 간단하게 대답했다. 곧이어 수업 시작 종소리가 들렸다.

오후 수업은 애들도 선생님들도 집중을 못 하긴 마찬가지였다. 민서 등은 여전히 꼿꼿했다.

수업 끝을 알리는 종소리가 나고 선생님이 교실을 나가자마자 건우가 벌떡 일어섰다. 건우는 민서 자리로 뚜벅뚜벅 걸어갔다.

"수지를 너희들이 죽게 만들었어?"

건우 목소리가 차가웠다. 건우는 손에 들고 있던 물병을 민서 머리에 거꾸로 엎었다. 물이 민서 머리와 교복에 쏟아져 흘러내렸다.

건우 행동이 시발점이 되었다. 이어서 하린이가 일어섰다.

"수지에게 왜 그랬어?"

하린이가 벌떡 일어나 앞자리 다희 책상 앞에 섰다. 책상을 두 손으로 잡아 흔들었다. 책상 위 물건들이 바닥에 떨어졌다.

"뭐라고 말해 봐. 진실을 말해 봐."

여기저기서 아이들이 말했다. 세 아이는 말하지 않았다. 가연이만 책상에 엎드려 울음을 터뜨렸을 뿐이다.

다음 날 세 아이 책상 속에 쓰레기가 한가득 들어 있었다. 급식 시간에 한 아이가 다희 옷에 음식물을 쏟았다. 아니면 쏟아부었을까? 김칫국물이 교복을 벌겋게 물들였다. 다희 얼굴이 파랗게 질렀다.

"쏘리."

아이는 간단히 말하고 지나갔다. 다른 반 아이가 음식물을 닦아 낸 행주를 갖고 왔다. 다희 옷의 국물을 꼼꼼하게 닦았다. 행주에 묻었던 음식물과 냄새가 다희 옷으로 옮겨갔다. 역한 냄새가 옆에까지 전해졌다. 코를 막고 토하는 시늉을 하는 아이도 있었다. 그날 옷을 버린 건 다희만이 아니었다. 민서도 가연이도 옷이 젖었다.

"왜, 수지를 죽게 했니? 솔직하게 말해 봐."

"담배 한 대 줘 볼래?"

"수지 죽은 뒤에도 잠은 왔니? 밥은 맛있었고?"

아이들은 기회만 있으면 세 아이에게 묻고 또 물었다. 한 아이가 묻고 가면 다른 아이가 또 물었다.

"너희들도 당해 봐야 하지 않겠니? 이건 수지 대신이다."

아이들 팔을 비틀고 꼬집는 아이도 있었다.

"우리가 수지를 죽였니? 물에 빠뜨렸어? 수지가 자살한 거잖아."

민서와 다희의 독기 어린 말에도 아이들은 신경 쓰지 않고 하고 싶은 일을 했다. 어쩜 그 애들도 수지처럼 온몸에 멍이 들고 있는지도 모른다.

"와. 이 뻔뻔함의 극치? 꼭 직접 죽여야만 살인이야? 수지를 죽게 만든 게 너희들이잖아?"

가연이 눈이 공포로 떨었다. 그러나 민서는 꼿꼿함을 유지하고 있었다. 아니면 가장하고 있는지도 몰랐다.

"나는 민서가 시키는 대로 했을 뿐이야. 민서야, 뭐라고 말 좀 해 봐. 네가 시켰잖아?"

다희는 변명했다.

"민서가 죽으라면 죽을래? 수지를 그렇게 죽게 만들고 변명? 뻔뻔하다."

아이들 분노는 쉽게 가라앉지 않았다. 교실이나 복도에서 세 아이와 부딪치는 아이들이 많았다. 그냥 부딪치는 게 아니라, 온 힘을 다해 달려가 부딪쳤다. 세 아이는 비틀거렸다. 체육 시간 핸드볼을 하며 공은 세 아이에게 집중적으로 갔다. 코피가 터져도 반 아이들은 눈도 깜짝하지 않았다. 운동을 가장한 폭력이었다. 선생님들도 어떻게 하지 못하는 묘한 기류가 교정에 맴돌았다.

"너, 그 애 맞지? 홍수지 괴롭힌 애. 정정한다. 죽인 애로."

선배들도 그냥 지나가지 않았다. 희미한 동영상이었지만 전교생이 아는 것은 순식간이었다.

“저 애, 맞아.”

“학폭 가해자?”

그 애들이 충분히 들을 수 있는 큰 목소리였다.

그러나 내 마음은 조금도 시원하지 않았다. 답답함이 목까지 차고 올라왔다. 나중엔 답답함이 두려움으로 바뀌었다. 내가 생방송 한 게 잘한 일이었을까? 내 마음은 또다시 시소를 타기 시작했다.

민서네들도 수지를 따라서 가 버릴 것만 같은 공포가 나를 휘감았다. 그 공포는 빠른 속도로 자라나고 있었다. 애완동물 햄스터가 어느 날 사나운 불곰으로 변해 버린 것 같은 공포였다. 다시 생방송 전으로 돌아가고 싶은 마음이 꿈틀거렸다. 그들이 수지를 죽게 했듯, 나도 그들을 죽게 만들 것만 같았다.

다희와 가희가 학교에 나오지 않았다. 민서는 꿋꿋하게 혼자 모든 걸 견뎌 냈다. 급식실에서 콩나물국을 뒤집어쓴 민서가 바닥에 넘어졌다. 콩나물이 머리에 주렁주렁 매달린 채 발작하듯 몸부림치는 민서 모습이 섬뜩했다.

"강유하!"

급식실에 내 이름이 울려 퍼졌다. 민서가 소리치고 있었다.

나는 입안의 음식을 삼키지도 못하고 민서만 바라봤다.

"마녀사냥 기분 좋냐?"

민서가 음식 담긴 식판을 급식실 바닥에 패대기를 쳤다.

쨍그랑!

식판의 금속성에 나는 귀를 손으로 막고 말았다. 식사하던 모든 애들이 얼어붙어 꼼짝을 안 했다. 민서가 급식실을 빠져나갔다. 나도 모르게 민서 뒤를 따랐다.

"네가 뭘 잘했다고 난리냐?"

내 뒤를 따라 나온 은재가 소리쳤다.

"어때? 가해자가 된 기분."

"뭐?"

"내가 왜 일주일씩이나 등교해서 당해 준 줄 아냐? 너희들 가해자 만드는 재미도 괜찮았거든. 이제 딱 하나 남았네. '아이들이 괴롭혀 나는 갑니다.' 써 놓고 옥상에서 낙하! 게임 오버."

나는 민서 말에 땅에 주저앉고 말았다. 민서가 차갑게 웃으며 내 곁을 떠났다.

'민서가 수지를 따라가 버리면? 내가 민서를 죽인 게 되나?'

내 머리는 민서 생각으로 터질 것 같았다. 머리에서 쥐가 나는 것 같았다.

"내가 가면 유하 네가 가해자가 되겠네."

민서 말이 머릿속에서 반복되었다.

'수지만 생각하자. 그들이 죽게 만든 수지만 생각하자.'

자꾸 되뇌어도 손바닥에는 땀이 끈적거렸다.

나는 옥상 문손잡이를 자주 돌려봤다. 잠겨 있음에 안도했다. 상담실에서 반성문 쓰는 마지막 날이 되었다. 상담실에는 영모가 먼저 와 있었다. 상담 샘이 말없이 내 손을 잡아 주었다.

"임 형사님이 교장실에 들렀다가 나를 찾아오셨더라. 너에게는 직접 말하지 못하겠다고 나더러 전해 달래. 상부의 지시와 이런 저런 이유로 수지 사건에서 손을 떼게 된 것 같더라. 많이 힘드신 것 같았어."

영모가 입을 앙다물었다.

나는 그 이유를 궁금해하지 않기로 했다. 어른들 세계의 복잡함 때문이라고 짐작할 뿐이었다.

마지막 반성문을 다 썼다. 남은 시간에 지난번 A4 용지에 수지에 대해 써 놓았던 글을 고쳐 썼다. 생방송 이후 상황을 덧보탠 것이다. 어느덧 상담실을 떠날 시간이 되었다.

"유하와 영모 교장실로 가 봐라."

상담 샘이 말했다.

영모와 함께 상담실을 나왔다.

교장실에는 교감 샘과 담임 샘도 있었다.

"내일 10시까지 유하와 영모 부모님 교장실로 오시도록 해. 세 아이 부모님들이 할 말이 있다는구나."

담임 샘 얼굴에 걱정과 짜증이 같이 스쳐 지나갔다.

따르릉! 교장실 전화기가 울렸다.

"변호사도요? 네. 네. 알겠습니다."

교감 샘이 수화기를 내려놓고 담임 샘을 손짓해 불렀다. 교감 샘과 귓속말을 나눈 담임 샘 이마에 줄무늬가 선명해졌다.

"누가 가해자?"

선생님이 돌아서며 혼잣말했다.

뒤바뀐 가해자

담임 샘 말씀이 마음에 걸렸다. 당연히 민서가 가해자라면 샘이 그렇게 말하지 않았을 것이다. 붕대를 목에 감은 민서 모습이 언뜻 스쳐 지나갔다. 가해자는 나와 영모를 말하는 것일 수도 있었다. 이런 말도 안 되는 발상을 누가 한 걸까? 생방송으로 전교생에게 수지 일을 발표한 건 큰 사건이 맞긴 맞다. 그러나 우리가 가해자라고 생각하는 건 내 지나친 상상일지도 모른다.

나는 홈즈 탐정단에 톡을 날렸다. 내 생각이 지나친 건지 탐정단 의견을 듣고 싶었다.

– 맞네. 가해자를 바꿔치기한 것 맞네. 이것들이? 가만두면 안 되겠네.

내 설명을 들은 은재가 방방 뛰었다. 영모도 은재 의견이 맞는 것 같다고 했다. 우리는 머리를 맞대고 생각을 모았다.

"어떡하지?"

"무슨 방법이 없을까?"

머리를 갸웃거리며 생각하고 또 했다.

"대자보는 어때?"

"어차피 생방송으로 알릴 건 다 알렸잖아."

영모 의견에 은재가 고개를 저었다.

"애들 서명을 받아 놓으면 어떨까?"

"콜."

"오케이."

내 말에 은재와 영모가 찬성했다. 나는 서명 받을 내용을 그 자리에서 적어 은재와 영모에게 보여 줬다.

지난주 생방송으로 홍수지 죽음에 대한 진실이 밝혀졌습니다.

그러나 학교 측에서는 아무 반응이 없습니다.

가해자들에 대한 합당한 처벌을 요구합니다.

한빛중학교 (   )학년 (   )반 이름 (   ) 서명__________

영모와 은재가 손가락으로 오케이 사인을 했다. 학교 앞 문구점에서 전교생 숫자만큼 프린트했다. 셋이서 나눠 안고 아직 하교하지 않은 3학년 교실을 찾았다.

"1반에서 3반은 유하, 4반에서 6반은 은재, 나머지 네 반은 내가 갈게."

영모가 일감을 나눴다. 몇 사람을 빼고서는 거의 다 서명을 해줬다. 생방송 영향이 큰 것 같았다.

나는 서명 받은 용지를 사물함에 넣고 비밀번호를 꼼꼼하게 눌렀다. 영모와 우리 부모님께는 그냥 저쪽 부모들이 만나고 싶다는 말만 전하기로 했다. 우리가 가해자가 된 것이 짐작이길 바라면서.

다음 날 쉬는 시간에 1, 2학년 교실도 돌았다. 내가 교실이 들어가자 떠들던 애들이 입을 다물었다. 나는 다른 설명 없이 서명 용지를 나눠 줬다. 애들은 받은 종이를 읽자마자 서명했다. 조용한 교실에 종이 위를 달리는 펜 소리만 들렸다. 시키지도 않았는데 맨 뒤 아이가 서명한 종이를 모아 왔다. 순식간에 서명 받은 용지가 내 손에 들어왔다. 다른 반으로 옮겨 가는데 5분이 채 걸리지 않았다. 그만큼 애들은 수지 죽음의 진실에 충격을 받은 것 같았다.

"누나, 힘내요."

"언니, 멋져요."

애들이 소리쳤다.

"고맙습니다."

고개를 깊이 숙여 인사했다. 코끝이 시큰했다.

수많은 전교생이 서명해 줬다. 서명 용지의 묵직함이 뿌듯함으로 다가왔다. 모두 나와 같은 뜻이어서 가슴이 벌렁거렸다. 우리를 믿고 지지해 주는 서명자의 뜻을 잘 전달하자고 마음먹었다. 두려워하는 나에게 용기를 주는 그들이 든든했다. 고마웠다.

10시가 되었다. 엄마와 아저씨, 영모의 부모님이 교장실에 도착할 시간이다. 정식 학교 폭력 위원회는 아니다. 해당 애들의 부모들 모임이었다. 민서네 측의 요구로 학교 측에서 자리를 만들었다고 했다. 학교 폭력 위원회까지 끌고 가지 않으려는 학교 측의 배려였을까? 꼼수였을까?

민서, 가연, 다희 부모.

영모 부모와 우리 부모, 수지 고모.

그리고 해당 선생님들.

내가 참석할 수 없는 자리여서 궁금증은 더해 갔다. 내가 들어갈 수 있다면 좋을텐데. 수지의 사건에 대해 가장 잘 알고 있기 때문에 잘 설명할 수 있을 텐데. 가슴만 두근거렸다.

수업 시간이 더디 흘러갔다. 벽에 걸린 시계를 백 번도 더 바라봤다. 한 시간이 1년보다 더 길게 느껴졌다. 학부모 회의 시작 시간에서 10분이 지난 10시 10분이 되었다. 눈은 계속 시계 쪽으로 갔다. 나도 모르게 손톱을 물어뜯고 있었다. 10시 30분을 시곗바늘이 가리켰다. 더 이상 참을 수가 없었다. 가방 속에 간직한 수지 다이어리와 서명 받은 종이를 꺼냈다. 품에 안고 벌떡 일어서고 말았다. 드르륵, 교실 문을 열었다.

"누구야? 수업 시간에 나가는 녀석이?"

수학 샘의 시선이 뒤통수에 따갑게 느껴졌다. 나는 돌아보지 않았다. 풍차를 향해 돌진하는 돈키호테처럼 복도를 달렸다. 교장실 문 앞에 도착하자 석고상이 된 듯 꼼짝도 할 수 없었다.

'수지만 생각하자.'

나를 세뇌하며 똑똑, 노크했다.

"회의 중이니 다음에 오세요."

교감 샘 목소리가 문틈으로 새어 나왔다. 나는 더 기다리지 않았다. 문을 벌컥 열었다.

"아니? 강유하, 네가?"

교감 샘 목소리가 송곳처럼 뾰족했다.

나는 어제 상담실에서 고쳐 쓴 글을 펼쳐 들었다.

"여기가 어디라고? 학생이?"

어디서 본 듯한 낯익은 얼굴의 남자가 물었다.

TV에서 본 유명 변호사였다.

나는 대답 대신 고개를 꾸벅 숙였다.

"학폭 피해자 홍수지 친구 강유하입니다. 수지는 호수로 가기 전 제게 이 다이어리를 택배로 보냈습니다."

나는 수지 다이어리를 높이 쳐들었다.

"유하야."

담임 샘의 당황한 목소리에도 나는 말을 멈추지 않았다.

"아닙니다. 하고 싶은 말이 있어서 죽을 만큼 용기를 내어 왔습니다."

"어서 저 학생 내 보내세요."

이번에도 변호사였다.

"잠깐만요. 제 딸 유하가 밤잠도 못 자고 고민하고 갈등하며 찾아낸 증거이니 한번 들어 봅시다."

아저씨 목소리가 든든한 지원군 같았다. 종이를 쥔 손이 달달 떨렸다. 나는 소리 내어 글을 읽기 시작했다.

제 친구가 죽었습니다.

…….

생방송으로 학폭 사실을 알렸지만, 그들은 아무 벌도 받지 않고 있습니다.

온몸이 떨리고 목소리도 떨렸지만 나는 멈추지 않고 읽었다. 수지 다이어리 비밀, 느낌표(!) 비밀, 거짓 일기, 체육관, 노래방 등의 증거를 알렸다.

"우리가 이런 글 나부랭이 읽는 소리나 들으려고 모이진 않았는데요."

이번에도 변호사였다.

"들어 보자니까요."

아저씨가 손바닥으로 책상을 부서져라 쳤다. 그 소리가 변호사 목소리를 눌렀다.

글을 다 읽고 나서 반듯하게 섰다.

"영특한 수지는 세 아이의 마수에서 왜 벗어나지 못했을까요? 소망빌딩 청소부인 고모를 해고한다는 위협을 받았을까요?"

수지 고모 흐느낌이 터져 나왔다. 나도 더 이상 말을 계속할 수 없었다.

나는 눈을 딱 감고 소리쳤다.

"이 글 아빠 페이스북에 올려주세요. 선생님, '아닌 건 아니라고 말해야 한다'고 선생님께 배웠습니다."

나는 떨리는 손으로 종이를 아저씨에게 건넸다. 서명 용지 묶음은 담임 샘 앞 책상 위에 놓았다. 온몸의 힘이 서명 용지와 함께 빠져나간 것 같았다. 수지 다이어리를 꽉 껴안고 교장실을 빠져나왔다. 문밖에는 나를 따라 교실을 나왔을 은재가 기다리고 있었다.

나는 데친 시금치처럼 힘이 빠져 은재에게 몸을 기댔다. 은재가 나를 꽉 안았다.

점심시간에 영모랑 은재에게 교장실 상황을 알려 줬다. 하루가 어떻게 지났는지 모른다. 선생님들 목소리는 귀에 들어오지 않았다. 수업이 끝나고 집을 향해 달렸다.

"엄마, 엄마. 어떻게 되었어?"

숨이 찼다. 현관문을 들어서자마자 엄마를 재촉했다.

교장실에 들어가서야 우리가 방송 사고 가해자 부모라는 걸 알았지 뭐니? 어이없게도 수지가 피해자가 아니라 민서네 세 애가 피해자가 되어 있더라니까. 부모들은 말 한마디 안 하고 대신 변호사가 말을 하는데 기가 막히더라. 전교생에게 생중계한 사건은 어마어마한 큰 사건이라고, 민서의 목에 생긴 상처는 살인 미수에 해당한다나? 수지의 상황을 이야기하며 노래방 CCTV의 애들이 누구인지 확실하지 않고, 수지가 보이는 코피도 연출된 것일 수도 있다고 몰아가더라. '학교 폭력을 고발한 것 취소해 주면 엄청난 생방송 사건을 눈감아 드리겠습니다. 다 자식 기르는 부모의 마음으로 없던 일로 하시지요.'라고 변호사가 말하고 있을 때 네가 들어왔지.

네가 나간 뒤 강 작가님이 벌떡 일어서서 말했어.

"다이어리에는 세 아이가 가해자라고, 분명하게 적혀 있습니다. 편의상 A, B, C라고 명칭 하겠습니다. 수지는 A, B, C 세 아이가 범인이라고 알려 주고 떠난 것입니다."

그때 상대 쪽 변호사가 말했어.

"문장이 끝나고 마침표를 찍건 느낌표를 찍건 그게 뭐 큰일이라도 된다는 겁니까? 너무 비약하는 것 아닌가요? 아무튼 방송실의 엄청난 사건은 명백한 명예 훼손임을 밝히는 바입니다. 그리고 세 아이는 미성년자임도 말씀드립니다. 지금 우리는 이 사건에 대한 사과를 받고자 모인 것입니다."

"명예 훼손이요? 방송실 사건 사과요? 세 아이가 죽인 홍수지 사건은 어디로 가고, 방송실 사건을 잡고 늘어지는 겁니까? 저는 죽기 살기로 제 딸이 찾아낸 괴물을 응징하려 합니다. 그 부모도 함께요."

"소설가라더니 아예 소설을 쓰시는군요. 그까짓 느낌표(!)가 무슨 증거라고? 감히 내 딸을 범인으로 몰아? 괴물? 김 변 당장 명예 훼손으로 고발해요. 당장."

그때까지 입을 다물고 있던 다희 아버지가 고함을 지르더라. 명문대 교수인 민서 아빠도 고개를 끄덕이더라.

"진짜로 우리 딸이 호수에 그 애를 밀어 넣었다고 가정해 봅시다. 촉법 소년법 아시죠? 우리 애들은 만 14세가 안 되었단 말입니다. 어디에 대고 협박입니까? 학폭이라니요? 허 참! 생방송으로 내 딸을 병원에 입원하게 만든 게 얼마나 엄청난 일인 걸 모르세요?"

민서 아버지가 차갑게 말했다.

"김 변 두말 말고 명예 훼손으로 고발하라니까."

다희 아버지가 소리쳤다. 그때 강 작가님이 입을 열더라.

"좋습니다. 나 그 명예 훼손죄로 콩밥 한번 먹어 봅시다. 작품을 위해 콩밥 한번 먹고 싶던 차요. 저는 내일 경찰서로 갈 겁니다. 고귀하신 분들의 명예를 훼손한 죄값을 치르려고요. 제 페이스북에 글을 올릴 겁니다. 아까 딸이 준 글을 참고해서 딸 대신 제가 글을 쓰겠습니다. 어린 딸에게 피해가 갈까 봐 제가 쓸 겁니다. 세 분 부모님의 실명과 근무하는 명문대와 이 학교 재단 이사장이라는 직함 등 실명으로 거론하겠습니다. 가해자들을 밝힐 수 있었던 죽은 애의 다이어리도 인용할 거고요. 단 따님들의 이름만은 A, B, C로 써 드리죠. 혹시 알고 계신지 모르겠네요. 제 페이스북 친구가 30만이 넘습니다. 저는 소설가입니다. 잘 써 보려고 합니다. 감동과 공분을 충분히 일으킬 글을 쓰려고 합니다. 기대하셔도 실망하지 않으실 겁니다. 오늘 여기 제시한 모든 CCTV, 동영상 증거, 수지의 다이어리도 올릴 겁니다. 이왕 명예훼손죄로 구속당할 거라면 이 정도는 해 줘야 저도 억울하지 않지요. 그 댁 딸이 제 딸 유하에게 협박했다지요? 자기가 수지 뒤를 따라가 버리면 유하가 가해자가 될 거라고요."

가연이 엄마가 먼저 일어나 수지 고모 앞에 무릎을 꿇고 울기 시작하더라.

변호사와 한참을 수군거리더니 나머지 다섯 명도 일어서더라. 자기들이 어쩌겠어? 두 강 씨가 그들을 변화시킨 것 같더라니까.

맨바닥에 무릎을 꿇는 모습을 보며 조금은 시원하더라. 이 모든 게 유하 네가 발단이 된 거지. 아무튼 오늘 스타는 내 딸 강유하였다. 네가 모든 걸 해결한 거지. 네 글을 낭독하는 내내 숨소리도 들리지 않더라. 수지 고모와 가연이 엄마 울음소리만 낮게 들렸지. 영모 부모님은 약속이라도 한 듯 계속 고개를 끄덕이시더라. 내 딸 자랑스럽다. 언제 이렇게 컸을까?

엄마가 나를 꽉 안아 줬다. 답답하다고 얼른 빠져나왔지만, 기분은 괜찮았다. '제 딸,' 아저씨가 했다는 그 말이 오래도록 기억에 남았다. 콜라를 마신 것처럼 달콤하고 시원한 기운이 온몸에 퍼져나가는 것 같았다.

"근데 유하야. 어떻게 갑자기 아빠라고 부를 생각을 했어."

"내가?"

"그래. 아빠 페이스북에 올려 달라고 했잖아."

"그동안 은재가 만날 연습 시켰거든. 그래서 나도 모르게 튀어나갔나 봐."

"그 말 듣고 강 작가님 기절할 것처럼 기뻐하더라."

얼굴이 화끈거렸다. 이젠 다시 아저씨라고 불러서는 안 될 텐데. 아빠라고 잘 부를 수 있을지 모르겠다.

- 홈즈 탐정단 모여라. 호수에서. 상황 보고 할게.

- 콜.

- 콜.

은재와 영모에게서 금방 답이 왔다.

우리 셋은 호수에서 만났다. 나는 하얀 국화꽃을 한 다발 준비했다. 은재도 국화꽃 한 다발을 들고 있었다. 은재와 나는 국화꽃을 어긋 맞대고 웃었다. 웃다가 둘 다 입술을 손으로 가렸다. 수지가 떠났는데도 웃을 수 있다는 게 미안해서였다.

나는 내가 교장실에서 나간 뒤 이야기를 엄마에게 들은 대로 전해 줬다.

"네 아빠, 페이스북에 그 글 올렸냐?"

"저쪽 부모들이 울고불고 애원해서 안 올렸대. 어쩜 처음부터 올릴 생각이 없었는지도 몰라."

내 말에 은재와 영모가 고개를 끄덕였다.

우린 꽃잎을 따서 물 위에 놓았다. 긴 띠를 이루며 꽃잎이 호수 가운데로 멀어져 갔다.

"수지야, 잘 가. 그러나 너를 용서는 못 해. 남은 우리들의 트라우마는 어떡해? 우리에게 진실을 말했다면 얼마든지 멋지게 해결했을 거야. 그럼 지금 너도 여기 같이 있을 텐데."

은재가 조용히 말했다. 은재 마음이 곧 내 마음이다.

나, 죽었니?

수지가 떠난 지 1년이 지났다. 편지 한 통을 받았다. 발신인이 수지였다. 수지가 1년 전에 보낸 느린 편지였다.

'한빛중학교 3학년 강유하에게'

나는 편지를 들고 호수로 갔다. 이번에는 은재에게도 알리지 않았다. 수지의 편지를 호수에서 혼자 읽고 싶었다. 교정에서 수지가 좋아하는 은행잎을 주워 가방에 한 움큼 넣었다. 은행잎을 호수에 한 잎씩 천천히 놓으며 수지에게 말을 걸었다.

수지야!

벌써 가을이야. 네가 좋아하는 노란 은행잎이 엄청 예뻐서 한 움큼 주워 왔어.

그곳에서 잘 있니? 혹시 힘들지 않니? 많이 후회하고 있지?

은행잎이 노랗게 물드니 네 생각이 더 난다. 작년 여름 연꽃 핀 호숫가를 거닐다가 갑자기 비 만났던 것 기억나냐? 한 번만 딱 한 번만, 그때로 돌아갈 수 있다면? 너랑 만날 수 있다면 얼마나 좋을까?

아마 나는 앞으로 너와 함께했던 이런저런 일들을 계속 생각하겠지?

1년이 지났어도 아직 아프다. 얼마나 시간이 더 지나야 괜찮아질까?

넌 정말 못됐어. 난 너를 절대로 용서할 수가 없어. 세월이 흘러 내가 어른이 되고 호호 할머니가 된 다음 너를 만날 수 있으려나? 그때 너를 마구 쥐어뜯어 줄 거다.

네가 떠난 뒤 많은 시간이 지났네. 꼭 그렇게 떠나야만 했니? 어쩜 내가 도울 수도 있었을 텐데.

세 애는 학교를 떠났어. 소문이 사실인지는 모르지만, 많은 소문이 떠돌았어. 민서는 병원에 입원해서도 수지 네가 보인다며 난리를 쳤다더라. 차도가 없자 강원도 농장으로 떠났대. 강원도

에까지 수지 네가 따라왔다고 그러더래. 종일 농장에서 나오지 않고 일만 한다더라. 가연이는 시골 학교로 갔대. 다희는 아직도 병원에 입원 중이라고 하더라. 얼만큼이 사실인지는 잘 몰라.

결국 3학년이 되며 반 애들이 뿔뿔이 흩어졌으니 민서네들도, 너도, 기억에서 잊히고 있겠지? 그렇게 흥분했던 애들도 어느덧 일상으로 돌아갔어. 그것도 한순간이더라. 영원한 건 없는 것 같아. 그리고 네 다이어리도 추모관에 갖다 놓았다. 그러나 난 너 때문에 아픈 가슴은 어른이 되어서도 잊힐 것 같지가 않다.

다행히 은재와는 다시 한 반이 되었어. 질투 나지 않니? 이젠 은재와 내가 베프가 됐는데 말이다. 그니까 왜 갔어? 왜?

그래도 민서네 세 명 중 한 명도 임 형사님 조카처럼 네 뒤를 따라가지 않은 것만도 얼마나 다행인지 몰라. 감사하지 뭐냐.

우리 홈즈 탐정단은 아직도 가끔 뭉친다.

또 하나 소식이 있다. 나는 아저씨를 아빠라고 부른다. 놀랍지 않니? '저기요'에서 '아저씨'로 바꿔 부르다가 교장실에서 아빠라고 불렀단다. 아빠라고 부른지도 1년이 가까워져 간다. 너 때문이야. 수지 너도 '새아빠'로 바꾸려면 앞에 붙은 '새'를 떼어 내라고 성화였었지. 바쁜 세상에 시간 낭비라고 말이야. 그런데도 부르지 못했던 아빠. 교장실에서 팝콘처럼 튀어나올 줄은 몰았어. 아저씨라고 불러서는 안 될 것 같은 분위기였나 봐.

"그냥 쿨 하게 '아빠'라고 불러."

네 목소리가 들리는 것 같아. 아빠라는 말이 왜 그렇게 어려웠나 몰라. 아빠라는 말에 그렇게도 행복해하시는데. 우리 아빠 말이야. 이게 네 덕분이라고 생각하면 고맙다.

우리 아빠, 네 다이어리를 모티프로 추리 소설을 쓰기 시작했대. 증거를 남기지 않은 살인 사건을 다룬대. 가장 가까운 사람이 범인이래. 무시무시하다는데? 너에게서 배워 퍼즐을 멋있게 짠다더라. 아빠 소설을 읽은 사람은 절대 자살이나 살인은 생각도 하지 않을 거래.

작가의 말에 수지 네 이야기도 써 줄 거래. 기분이 어때? 네가 떠나지 않고 직접 작품으로 썼으면 더 좋았을 것을.

수지 네 고모 한 번 뵈었어. 얼굴이 못 알아보게 늙어 버렸더라. 내 손을 잡고 막 우시더라. 우린 껴안고 소리 내어 울고 말았다.

지금도 나는 네가 떠난 게 꿈만 같아. 정말 꿈이었으면 좋겠다고 생각할 때가 많아. 꿈에서도 너에게 떠나지 말라고 설득하는 꿈을 자주 꾼다. 너는 보이지 않는데 나 혼자서 울며불며 설득하고 있는 거야. 제발 가지 말라고. 그만두라고. 꿈을 꾼 날 아침이면 베개가 젖어 있곤 해. 꿈을 선택할 수 있다면 너랑 즐거웠던 때 꿈을 꾸고 싶어.

네가 떠난 뒤에도 지구는 잘 돌고 있어. 가을이 가고 겨울도 갔어. 봄이 지나고 여름도 가고 다시 가을이 왔는걸. 억울하지 않니? 너 없이도 아무 일 없는 것처럼 지구가 돌아가고 있다니. 그러니까 왜 그랬어. 바보야. 너를 보내고 남아 있는 사람들이 얼마나 괴로운 줄 미리 알았다면 넌 그렇게 선뜻 떠나지 못했을 거야.

어리석은 선택을 한 너지만 너무 보고 싶다. 네 목소리라도 듣고 싶어. 나는 꼬부랑 할머니 될 때까지 잘살 거다. 기다려라. 오래오래 이곳에서 잘살다가 너 있는 곳으로 갈게. 그때 실컷 두드려 패 줄 거니까. 기대해도 좋아. 그때까지 안녕!

나는 긴 혼잣말을 마친 뒤 수지의 손이 스쳤을 호수 옆의 느린 우체통을 손으로 쓸어 봤다. 그 옆 벤치에 앉아 봉투를 뜯었다.

유하야, 안녕?

나 수지야.

놀랐니?

네가 이 편지를 받을 때는 1년 후가 되겠지?

내가 떠난 뒤 다이어리 받고 얼마나 놀랄까? 나는 계란으로 바위를 치는 대신 마지막 작품을 쓰는 마음으로 다이어리에 퍼즐을 만들어 봤어.

이 편지도 깜짝 놀라겠지?

여긴 호수야. 1년 후 네게 갈 편지를 쓰고 있다. 호수 옆에 느린 우체통이 있어서 네게 편지 쓸 생각이 났어.

내 결심이 바뀌지 않으면 이게 마지막 편지가 되겠지?

1년 후, 어떤 변화가 있을까?

나 죽었니?

넌 찾아냈지?

그 애들 혼 좀 내줬니?

아, 그리고 나는 너와 생리일이 매달 똑같지는 않았어. 네가 파우치를 챙겨 화장실에 가면 나도 생리가 있는 척 네 뒤를 따라갔었다. 너와 친해지고 싶어서.

그것이 너에게 나를 괴롭힌 애들을 밝힐 열쇠가 되다니.

유하야.

정보가 아무것도 없는 저쪽 세상이기에 지금 나는 많이 두렵다.

그래도 이길 밖에는 다른 길이 없는 것 같아.

유하야. 고맙고 미안해.

안녕.

두려운 마음으로 수지가

"비가 오면 메마른 마음이 촉촉해지는 것 같아."

수지 목소리가 들리는 것 같았다. 비가 내리기 시작했기 때문이다. 빗방울들이 약속한 듯 일제히 호수에 뛰어내렸다. 빗방울은 둥글게 원을 그리며 호수 위로 퍼져나갔다. 편지지에도 수지 눈물 같은 빗물이 스며들었다.

작가의 말

나는 시골에서 고등학교를 다녔다.

고2 봄, 대도시의 명문여고에서 S가 전학을 왔다. 우리 학교에 근무하는 큰아버지를 찾아온 거였다. 우린 가고 싶어도 못 갔던 명문여고를 떠나 시골로 전학 온 S가 이상했다.

도서실에서 자주 만나면서 우린 많이 가까워졌다. 우린 비슷한 점이 많았다. 책을 좋아했고, 영화 감상을 좋아했고, 글쓰기를 좋아했다. 우린 학교 옆 호숫가에서 많은 이야기를 나눴다.

내 절친 현아도 함께 친해져 셋은 항상 함께 어울렸다.

현아와 나는 가난했고 가고 싶은 학교에 가지 못한 불만이 많았다. 우리가 가고 싶어 했던 명문여고를 떠난 이유를 물었지만, S는 웃기만 했다. 많이 친해졌지만 우린 그 이유를 끝내 알지 못했다.

어느 날 현아와 난 살고 싶지 않다는 S의 비밀을 알고 말았다. 우리에게도 함께하자는 은근한 손길을 내밀었기에 알게 된 거였다. 우린 그녀를 말렸고 그녀는 뜻을 접은 것 같았다. S는 자기 이야기를 아무에게도 알리지 말라고 당부했다. 현아와 나는 그 약속을 지키겠다고 약속했다.

여름 방학이 되어 S는 N 군 고향 집으로 돌아갔다. 방학이 끝났지만, S는 돌아오지 않았다. 고향 학교로 전학 갔다는 말을 담임 선생님께 전해 들었을 뿐이다. S가 나와 현아에게 편지 한 통 없는 게 내내 마음에 걸렸다. 어쩜 고향 학교에 적응을 잘하고 있을 거라고 마음 편하게 생각했다. 하지만 마음 한편으로는 함께 떠날 다른 친구들을 찾고 있지는 않은지 불안하기도 했다. 그러나 현아와 나는 담임 선생님도 S의 큰아버지도 찾지 않았다. 확실하지도 않은 짐작만으로 S를 곤란하게 만들고 싶지 않았다. 그냥 한번 해 본 말이었다고, 어른들께는 절대로 말하지 말라던 S와의 약속을 어기고 싶지 않았다.

우리에게 함께하자고 한 말이 어쩜 진심이었는지도 모른다는 생각이 현아와 나를 불안하게 했다. 나는 S의 마음을 돌리기 위해 편지를 썼다. 주소도 알지 못했기에 보내지 못한 편지에 불과했지만, S에게 많은 편지를 썼다.

몇 달 후 S의 고향, N 군 시골 뒷동산에서 여고생 셋이 극단적 선택을 했다는 신문 기사를 봤다. 온몸에 소름이 돋았다. K 모 흔치 않은 성씨였기에 S가 틀림없다고 생각했기 때문이다. 얼마 후 그게 S라는 소식을 전해 들었다. 그게 첫 시도가 아니라는 것도 알게 되었다.

나는 지금도 그녀를 생각하면 보내지 못한 편지 생각에 가슴이 아리다. 그때 적극적으로 말리지 못한 게 두고두고 나를 괴롭혔다. 그때 담임 선생님을 통해서 주소를 알아냈더라면? 내 편지로 S의 생각을 돌이킬 수 있었을지, 혹은 돌이킬 수 없었을지, 알 수 없지만 어쩌면……이란 후회가 날 많이 괴롭혔다.

이 작품은 S를 생각하며 쓴 작품이다.

유하의 독백은 내가 했던 것이고, 유하가 보낼 수 없는 편지를 끊임없이 쓴 것은 내가 쓴 편지였다. 유하가 꿈속에서 수지에게 가지 말라고 설득하는 장면도 내가 꾼 꿈속 장면이었다. 유하의 고통은 내 고통이었다.

세월이 많이 지났다. 50년이 지났는데도 S를 잊을 수가 없다. 친구인 내가 이런데 S 부모님은 어땠을까? 그때 적극적으로 말리지 못한 것이 아직도 미안하다.

전주에서
서성자